AF545624

Fluch des Mondes

Anna Lisa Franzke

Originalausgabe

c/o Prepon UG
Gutenbergstraße 88
70197 Stuttgart
info@annalisafranzke.de
www.annalisafranzke.de

Lektorat: Melanie Schneider (seitenreise)
Covergestaltung: Dena Designs
Buchsatz: Alenor J. Stevens mit Adobe inDesign

Herstellung und Verlag: BoD – Books on Demand, Norderstedt

ISBN: 9783758304415

»We should love, not fall in love,
because everything that falls, gets broken.«

Kapitel 1

Ich konnte ihn spüren, bevor ich ihn sah. Die Nacht schien plötzlich dunkler und der Wald um mich herum dichter. Mein Herz raste, ohne dass es einen sichtbaren Grund gab. Mir brach eiskalter Schweiß aus und bedeckte meinen gesamten Körper. Fröstelnd zog ich meinen Mantel enger an mich.

Das Rascheln des Laubes unter meinen Füßen kam mir viel zu laut vor, doch ich versuchte es zu ignorieren. Ich musste weiter vorankommen. Alle Muskeln in meinem Körper schienen zu vibrieren, als ich Schritt um Schritt weiter auf die kleine Lichtung zusteuerte. Ich sah das Schimmern der Kristalle schon von Weitem im Dunkel der mondlosen Nacht.

Ein eiskalter Windhauch kroch unter meine Kleidung und ich verfluchte mich dafür, dass ich heute Nacht aufgebrochen war. Doch es musste sein. Ich hatte keine andere Wahl gehabt.

Meine Hände hatte ich tief in meine Manteltaschen gesteckt, wo sie die wichtigsten Gegenstände ertasteten, die ich besaß. Die Fingerspitzen der rechten berührten die Kristallkörner, die ich erst vor Stunden auf die Größe von

Kieselsteinen zermahlen hatte. Die Linke schloss sich um meinen Silberdolch. Meine Fingerkuppen liefen die kleinen Einkerbungen nach. Das reichte aus, damit ich mich ein wenig entspannte. Ich war bereit, auf ihn zu treffen.

Kaum hatte ich den Gedanken gefasst, hörte ich sein leises Knurren. Trotz stundenlanger Trainings kostete es mich viel Selbstbeherrschung, nicht in Panik zu verfallen.

Es war Neumond, sie waren schwächer, beruhigte ich mich selbst. Außerdem war dieses Ding, das mich nun schon seit einigen Metern verfolgte, allein. Auch wenn ich das eigentlich wusste, war es schwer, gegen Urängste anzukämpfen. Ich konnte seinen Atem regelrecht in meinem Nacken spüren. Kein Grund, in Panik zu verfallen. Ich hatte alles unter Kontrolle. Das Einzige, was mich in diesem Moment beruhigte, war die Tatsache, dass ich schon Dutzende solcher Aufeinandertreffen überlebt hatte.

Doch mein Körper wollte nicht hören. Eine weitere Woge aus Angstschweiß überzog ihn. Es war nicht mehr weit, beruhigte ich mich selbst, es würde nicht mehr lange dauern.

Die Lichtung vor mir lag im leichten Glanz der Kristalle. Sie versprachen Schutz und langsam entspannte sich mein Körper tatsächlich. Ich war so gut wie in Sicherheit.

Noch einmal knurrte das Wesen hinter mir, als wollte es mich vorwarnen und sagen, dass, wenn ich jetzt umdrehte und einfach wieder nach Hause ging, alles gut werden würde. Aber ich dachte gar nicht daran. Ich würde nicht umkehren. Auf dieser Lichtung konnte es mir nichts anhaben, auch wenn es das noch nicht wusste.

Ich erwartete ein weiteres tiefes Knurren, doch es blieb aus. Der Wald war still. Unheimlich still. Meine Schritte stoppten und ich lauschte. Eigentlich sollte ich zumindest ein Schnaufen oder das Knacken des Unterholzes hören, doch jegliche Geräusche blieben aus. Wie ein Schleier hatte sich die Stille über den Wald gelegt. Nicht einmal meinen eigenen Atem konnte ich hören.

Dann strauchelte ich und es riss mich von den Füßen. Ich kam unsanft auf dem harten Waldboden auf. Stechender Schmerz machte sich in meinem Rücken breit und ich konnte mich kaum bewegen. Ein Stock grub sich tief durch meinen Mantel in meine Haut. Ich stöhnte auf.

Über mir thronte die Bestie. Ihre Vorderläufe pressten sich auf meine Brust und mir allein mit ihrer Größe die gesamte Luft aus der Lunge. Die Krallen gruben sich in mein Fleisch und ich spürte, wie die ersten Tropfen Blut aus meinen Wunden sickerten.

Sie fauchte und bleckte die Zähne. Das Maul dieser Kreatur war größer, als ich sie in Erinnerung gehabt hatte. Mit schärferen Zähnen. Vielleicht war es ein Schutzmechanismus, dass ich das jedes Mal danach wieder vergaß.

Für wenige Momente war ich völlig starr vor Schreck, doch dann spürte ich, wie das Adrenalin durch meinen Körper jagte und die Starre wegwischte.

Speichel tropfte aus dem riesigen Maul des Wesens. Warm rann er mir über die Stirn und verfing sich in meinen Haaren. Das Ding musste riesig sein. Es hatte sicher die Größe eines Kalbs. Das dunkle Fell verschmolz mit der Dunkelheit.

Ich verlagerte mein Gewicht. Allein mit meiner Kraft würde ich nicht gegen das Ungeheuer kämpfen können. Langsam steckte ich meine rechte Hand in meine Tasche.

Ich bekam den Kristallstaub zu fassen, mit einer schnellen und geübten Bewegung warf ich es im selben Moment nach dem Vieh.

Der Staub flog durch die Nacht. Die kleinen Kristallreste leuchteten sanft, als sie auf das Biest über mir fielen. Langsam legten sie sich an das Fell des riesigen Wolfes.

Er zuckte nur ein kleines Stück zurück, doch es reichte. Ich rollte mich zur Seite und zog in der Bewegung nun endlich auch meinen Dolch. Er vergrub sich tief in der Pfote des Viehs.

Die Kreatur jaulte auf und ich spürte, wie sich meine Nackenhaare aufstellten. Ich musste mich beeilen, sonst würden seinem Ruf weitere Lykaner folgen. Und auch wenn sie während des Neumonds weniger stark waren, wollte ich nicht gegen mehrere auf einmal kämpfen müssen. Die Narben eines solchen Kampfes trug ich für den Rest meines Lebens.

Ich sprang vom Boden auf und rannte los.

Ein Blick zurück verriet, dass auch die Kreatur sich wieder gefangen hatte. Sie setzte mir nach.

Ich blieb geduckt und verfestigte meinen Griff um meinen Dolch. Wie ein Schatten glitt das Biest in einem Sprung über mich. Im letzten Moment riss ich meine linke Hand nach oben. Tropfen von Blut landeten auf meinem Gesicht und meiner Kleidung und wieder jaulte das Ding auf, als ich seiner Unterseite einen tiefen Schnitt versetzte.

In seiner verwandelten Gestalt hatte ich kaum eine Chance, gegen es zu gewinnen.

Wieder setzte es zum Sprung an, doch ich sah es zu spät. Es riss mich von den Füßen. Der Schwung schob mich ein weiteres Mal über den Waldboden und im nächsten Moment breitete sich ein pulsierender Schmerz in meinem gesamten Körper aus. Irgendwo in der Bewegung musste ich meinen Dolch verloren haben, denn meine Hand griff ins Leere.

»Verfluchte Kreaturen«, stieß ich hervor. Meine Stimme war nicht viel mehr als ein Murmeln, das in seinem Knurren unterging. Das Vieh drückte meinen Kopf bäuchlings ins Unterholz.

Blind taste ich nach meinem Dolch und verfluchte meine Unachtsamkeit. So ein Fehler konnte mich das Leben kosten. Wieder tastete meine Hand ins Leere. Ich konnte den Dolch nicht finden. Mir blieb nur eine Chance. Ich brauchte mehr Kristalle.

Mit meiner verbleibenden Kraft hob ich meinen Kopf und musste grinsen. Ich sah eine leichte Reflexion meines Gesichtes in der Oberfläche der Kristalle. Es hatte einen Fehler gemacht. Ein Glück, dass diese Wölfe ihre einzige wirkliche Schwäche nicht sehen konnten.

Meine Hand griff nach dem Kristall, der direkt vor mir wuchs. Ein leises Knacken durchbrach die Stille, die nur durch das Knurren des Lykaners unterbrochen wurde.

Mein Körper schmerzte, als sich die Krallen immer tiefer in mein Fleisch bohrten. Das Maul war mir so nah, dass ich das Ungeheuer direkt neben meinem Ohr atmen hören konnte. Sein heißer Atem kroch über meine Haut. Ein Gestank nach Verfaultem lag in der Luft.

Ich schüttelte mich vor Ekel, versuchte aber, es zu ignorieren. Wenn ich wieder zu Hause war, würde ich mir ein verdientes Bad gönnen.

Ich hörte, wie das Vieh triumphierende Laute von sich gab. Doch es freute sich zu früh. Diesen Moment der Unachtsamkeit nutzte ich aus, um meinen Griff um den Kristall zu festigen. Mit einer schnellen Bewegung rammte ich ihn dem Wesen direkt ins Gesicht.

Es jaulte auf und taumelte zurück. Ich wäre am liebsten liegen geblieben, hätte nach Atem gerungen und mich meinen Schmerzen hingegeben. Doch das wäre mein Todesurteil gewesen.

Also rollte ich mich herum. Im Glimmen der Kristalle entdeckte ich meinen Dolch. In derselben Bewegung bekam ich ihn zu greifen, hievte mich mit meiner letzten Kraft auf den riesigen Wolf und versenkte mein Messer in seinem Fell.

Es versuchte, sich zu wehren, zu entkommen, doch seine Kräfte ließen bereits nach.

Der Wolf kreischte auf, als er zur Verwandlung gezwungen wurde. Mit meinen Beinen fixierte ich den geschwächten Wolf und griff nach einem weiteren Kristall. Unter seinen windenden Bewegungen war es nicht leicht, ihm diesen in das Maul zu schieben. Schließlich ließen seine Kräfte so weit nach, dass er sich kaum noch wehrte. Unter mir bildete sich die Gestalt eines Menschen aus dem Fell heraus.

Selbst außer Atmen stützte ich mich auf dem Wesen ab. Unter meinen Fingerspitzen spürte ich Fell. Es zog sich langsam zurück, bis die kalte Haut eines Menschen hervortrat. Der schnaufende Atem ging in ein Röcheln über. Das war der Moment, in denen die Krallen und das Maul verschwanden. Zuletzt entspannten sich die Muskeln und das Rückgrat rastete mit einem Zittern wieder in der Form eines Menschen ein.

Kaum, dass die Verwandlung abgeschlossen war, hustete der Mann auf. Er stöhnte und wand sich unter mir. Ich nahm mir jedoch nicht die Zeit herauszufinden, wer er war. Das würde mich am Ende vielleicht abhalten zu tun, was ich tun musste.

Mein Messer fand sein Herz. Er riss seine Augen auf, doch dann wich sein letzter Atemzug aus seiner Lunge.

Erst als ich mir seines Todes sicher war, glitt ich von der Gestalt herunter und ließ mich in das Laub fallen. Mein gesamter Körper schmerzte und ich hatte nicht mehr viel Zeit. Wie spät es war, konnte ich nicht sagen. Ich hatte jegliches Zeitgefühl vollkommen verloren.

Mehrmals atmete ich tief ein und aus, dann richtete ich mich wieder auf und blickte den Toten neben mir an. Das leichte Glimmen des Kristallfeldes neben mir ließ mich seine Gesichtszüge grob erkennen. Doch als ich die tiefe Narbe über seinem linken Auge entdeckte, mussten meine Augen nicht weiter gegen die Dunkelheit ankämpfen. Ich wusste, wer er war. Der älteste Sohn des Bürgermeisters. Das würde viel Freude in die nächste Bürgerversammlung bringen.

Noch einmal beugte ich mich über ihn. Er trug nur leichte Kleidung, die kaum warm genug für diese kühle Herbstnacht war. Ich taste seine Taschen ab, doch er trug nichts bei sich, dass mir eine Spur bot, wo ich nach weiteren Werwölfen suchen könnte.

Mein blutiges Messer und mein Gesicht wischte ich an meinen Klamotten ab. »Möge der Mond dich in Zukunft ruhen lassen«, flüsterte ich, als ich mein Messer wieder verstaute und einen weiteren der Kristalle pflückte.

Seinen Mund zu öffnen, ging leicht. Ich bröselte einen weiteren Kristall hinein. So würde der Fluch in seinem Körper gebunden bleiben und die anderen Lykaner sich ihm nicht nähern können. Dann konnte ich im Morgengrauen beweisen, dass er einer der Bestien war, die den Frieden unserer Siedlung schon immer gestört hatte.

Mein Körper tat noch immer weh, als ich mich langsam aufrichtete und näher an das Feld trat. Ich war bereits mit meinen Kräften am Ende, doch hatte mein eigentliches Ziel noch nicht erreicht.

Langsam lief ich über das Kristallfeld, dessen Leuchten mit dem sich nähernden Morgen langsam nachließ. Ich ließ mich an einer Stelle nieder und holte einen kleinen Beutel aus meiner Tasche.

Mit jedem Knacken, das beim Pflücken der Edelsteine entstand, lief mir ein Schauer über den Rücken. Ich wartete, bis das Glimmen in meiner Hand abflaute und legte ihn dann in meinen Beutel.

Dies wiederholte ich, bis die Umrisse der ungepflückten Kristalle verblassten und die effektivste Waffe gegen Werwölfe bis zum nächsten Neumond damit verschwand. Der Morgen war nah. Also erhob ich mich. Der Schmerz ließ mich noch immer langsam laufen und ich humpelte. Nun ja, ich hatte schon Schlimmeres hinter mir.

Wie jedes Mal hätte ich darauf geschworen, dass die vielen frisch geernteten Kristalle, die ich bei mir trug, meinen Körper stärkten und dessen Heilung beschleunigten. Das würde ich jedoch niemals sagen, denn das war Teil jener Kräfte, die bei den Lykanern verteufelt wurden.

Im Wald war es noch immer dunkel, doch ich kannte den Weg. Irgendwo weit hinter mir musste gerade die Sonne aufgegangen sein. Obwohl der nahende Herbst die Blätter braun färbte, war über mir noch immer ein dichtes Blätterdach.

Das Unterholz knackte bei meinen Schritten. Ich kam nicht so schnell voran, wie ich es mir gewünscht hätte. Ich befürchtete eine Prellung in meinem rechten Bein, doch nach einer Weile schmerzte es weniger.

Die ersten Sonnenstrahlen bahnten sich einen Weg durch die Bäume. Es reichte aus, um einen Stock zu erblicken, der nicht weit entfernt von mir lag. Nur wenige Schritte ging ich vom Weg ab, um mir diesen Ast als Stütze zu holen.

Gerade als ich mich nach unten beugte und nach ihm griff, sah ich etwas Helles zwischen den Büschen aufleuchten. Ein Schauer lief mir über den Rücken, doch mir war klar, dass ich das untersuchen musste. Aus Routine checkte ich meine

Umgebung. Es gab nichts, was auf einen Lykaner hindeutete. Der Wald wirkte nicht dunkler oder angsteinflößender, als er zu dieser Uhrzeit sein sollte, kein unkontrollierter Angstschweiß oder keine Panik, die aus unerklärlichen Gründen immer größer wurde. Also befand sich kein Werwolf in der Nähe – zumindest nicht in seiner Wolfsform. Wie sehr ich mir immer gewünscht hatte, dass sie auch in ihrer menschlichen Form diesen Effekt hatten. Dann wären wir die Werwolfplage schon längst los und es müssten nicht immer noch unschuldige Dorfbewohner bei der Jagd ihr Leben lassen.

Ich beugte mich nach unten, machte mich kleiner. Noch immer konnte ich nicht erkennen, was unweit von mir auf dem Waldboden lag.

Für einige Sekunden hätte ich schwören können, dass ich einen Kristall sah, doch dafür war ich schon zu weit von der Lichtung entfernt. Außerdem bewegten sich die Kristalle nicht im Wind und alle ungeernteten waren zu dieser Uhrzeit schon wieder verschwunden.

Ich schlich vorwärts und empfand trotzdem jeden meiner Schritte, jeden Atemzug als viel zu laut. Nur langsam erwachte der Wald wieder zum Leben. Über Nacht trauten sich die wenigsten Tiere aus ihren Verstecken. Die Gefahr war einfach zu groß, gesehen zu werden. Doch tagsüber verwandelten sich diese Ungeheuer nur selten.

Als die ersten Vögel zu singen begannen, konnte ich mich etwas entspannen, doch noch immer schlich ich Schritt um Schritt zu der Stelle, an der ich mein Ziel vermutete.

Das Erste, was ich erkannte, war eine blasse Hand. Sie klammerte sich um einen der Kristalle. Mit einem Mal war all meine Angst wie weggeblasen. Ich beeilte mich, zu der scheinbar leblosen Person zu kommen, die zu der Hand gehörte.

Ich schob die Blätter eines Buschs zur Seite und ich konnte die Gestalt erkennen. Waren es die ersten Lichtstrahlen des Tages, die Rory noch blasser aussehen ließen als sonst schon? Ich wagte nicht, an Schlimmeres zu denken.

Ich kniete mich neben sie. »Keine Sorge, alles wird gut«, flüsterte ich. So sehr wie sie ihre Hand um den Kristall geschlossen hatte, blieb mir kein Zweifel, dass sie in der Nacht in den Wald gegangen war und die Bekanntschaft mit einer dieser Kreaturen gemacht hatte.

Rorys Haut war kalt. Ich strich ihr ihre langen blonden Haare zur Seite und begann ihren Körper abzutasten. Immerhin sah ich kein Blut oder andere Verletzungen, bis auf einen tiefen Schnitt in der Hand, in der sie den Kristall hielt. Mit einer schnellen Bewegung zog ich meinen Mantel aus und deckte sie zu. Denn bei einer Sache war ich mir sicher: Ihre Brust hob und senkte sich regelmäßig. Sie lebte noch.

Kapitel 2

Vorsichtig nahm ich ihr den Kristall aus der Hand und wickelte sie weiter in meinen Mantel ein. Es war kühl, doch ich würde den Rückweg auch ohne ihn schaffen. Erst einmal musste ich ihr helfen. Ich hatte geschworen, alle Dorfbewohner vor den Lykanern zu schützen und dazu gehörte, dass ich sie jagte und versuchte, ihre Opfer zu retten. Ich fragte mich, wie sie es geschafft hatte, die Begegnung mit einer dieser Kreaturen zu überleben.

»Hörst du mich, Rory?«, flüsterte ich neben ihrem Ohr.

Ein leichtes Zucken lief durch ihren Körper, doch sie reagierte nicht. Langsam stützte ich sie und hievte sie hoch. Rory hing halb über meiner Schulter. Ich würde länger brauchen. Eine verletzte Rory und ein schmerzendes Bein behinderten meinen Weg beträchtlich. Aber ich würde sie nicht zurücklassen.

»Es war nicht klug, nachts in den Wald zu gehen«, murmelte ich, als ob ich mir sicher wäre, dass sie mich hören konnte. »Du warst doch auch dabei, als uns meine Eltern das eingeschärft haben«, redete ich einfach weiter. Es beruhigte und lenkte mich ab. Jeder Schritt war unglaublich anstrengend.

Auch wenn unser Dorf groß war, kannten alle einander. Meine Eltern hatten die Rolle der Dorflehrenden eingenommen und lange Zeit jede ihrer Unterrichtseinheiten damit begonnen, uns einzutrichtern, dass wir in der Nacht nicht in den Wald gehen sollten. Nicht einmal in der Dämmerung.

Bis heute war ich mir sicher, dass sie es nicht gut fanden, dass ich mich freiwillig zu einer Werwolfsjägerin hatte ausbilden lassen und meine Nächte zumeist daraus bestanden, durch den Wald zu streifen. Nach außen hin hatten sie jedoch immer die stolzen Eltern gespielt, dessen Kind das Dorf beschützte.

»Siehst du da vorne?«, fragte ich leise. Die Zeit war so langsam vergangen, dass ich schon glaubte, niemals wieder in unserem Dorf anzukommen. »Da beginnen die ersten Häuser.«

Kalter Schweiß rann mir den Körper herab, doch ich stützte mich einfach weiter auf meinen Stock und lief einen Schritt nach dem anderen auf das Dorf zu.

Kaum, dass ich aus dem Wald trat, fielen die ersten Blicke auf mich. Im äußeren Kreis wohnten die Bauern, die sich darum kümmerten, dass wir immer genug zu essen hatten. Sie waren auch die, bei denen ich mich am meisten herumtrieb. Ihre Felder wurden nicht selten durch die Lykaner in Mitleidenschaft gezogen.

»Liv«, rief mir Svenja zu, die nicht weit von mir auf dem Feld arbeitete.

»Wir haben eine Verletzte«, rief ich nur zurück. Ich sah, wie Svenja nickte und sofort loslief.

Nur wenige Momente später kam mir ihr Mann entgegengeeilt. Zusammen mit seinem ältesten Sohn nahmen sie mir Rory ab.

Die zwei waren große Menschen, breit gebaut und nicht selten standen sie unter der Anklage, Lykaner zu sein. Doch sie hatten ihre Kraft eher durch das ganzjährige Arbeiten auf dem Feld bekommen. Zumindest wollten das alle glauben. Immerhin versorgte ihre Familie unser Dorf schon immer mit dem besten Essen.

Mit vorsichtigen Bewegungen trugen die zwei Männer Rory und brachten sie in ihr Haus. Ich lief nur wenige Schritte hinter ihnen und behielt sie genaustens im Blick.

Ihr Haus war klein und dunkel. Die Decke hing so niedrig, dass sogar ich meinen Kopf senken musste, um darin laufen zu können.

»Meine Frau holt die Mediziner«, grummelte Marcus und ich nickte nur.

Kaum, dass sie Rory auf ein Bett gelegt hatten, drehte zumindest der Sohn der Bauern mir wieder den Rücken zu und verschwand aufs Feld. Zur Erntezeit brauchten sie jede Hand. Marcus beäugte mich einige Momente und strich sich dann durch seinen kurzen Bart. Im Gegensatz zu den Haaren auf seinem Kopf hatten die an seinem Kinn noch Farbe.

Einige Augenblicke stand er neben mir und schaute immer wieder zwischen mir und Rory hin und her. »Ich geh dann auch. Wenn du was brauchst, ruf einfach«, grummelte er.

»Danke«, erwiderte ich und nickte. Dann war auch er verschwunden.

Nun war ich allein mit Rory in dem kleinen Zimmer. Ich trat die letzten Schritte an das Bett heran und sah sie genauer an.

Ihr Gesicht hatte wieder Farbe angenommen und auch ihre Lippen wirkten voller. Ich setzte mich auf die Kante des Bettes und strich ihr eine Strähne aus dem Gesicht. Sie fühlte sich nicht mehr so kühl an. Vielleicht würde sie sich erkälten, doch die Chance, dass sie die Nacht überlebte, war gegeben.

Eine ganze Weile saß ich nur da und blickte Rory an. Jede Einzelheit ihres Gesichtes prägte sich tief in mein Gedächtnis ein. Ich hatte lange nicht mehr einen Menschen so aufmerksam beobachtet. Doch irgendetwas ließ mich nicht wegschauen. Sie hielt mich gefangen mit ihrem Anblick. Für diesen Augenblick wirkte sie so hilflos, geradezu zerbrechlich und doch unglaublich stark.

Ich hatte sie noch nie so gesehen. Sie war eine Frohnatur, die es liebte, in die Fußstapfen ihrer Eltern zu treten. Einige Stunden des Tages sammelte sie im Wald Reisig und andere dünne, kleine Stöckchen. Und abends, wenn sich alle Dorfbewohner am Feuer vor dem Rathaus versammelten, flocht sie ihre Körbe und manchmal erzählte sie sogar Geschichten. Ich liebte es, ihr zuzuhören und ihren zierlichen Fingern bei ihren Bewegungen zu beobachten.

Ein wohliger Schauer lief über meinen Körper. Dieser Anblick rief immer mehr Erinnerungen in mir hervor. So war das mit jemanden, den man schon immer kannte.

Ein Lächeln machte sich auf meinen Lippen breit und ich wusste nicht, woher es kam. Doch es fühlte sich gut an.

Ich war gefangen in dem Anblick und wurde erst herausgerissen, als die Tür hinter mir geöffnet wurde. Ein alter bärtiger Mann betrat das Zimmer. Er und seine Begleiterin, die kaum jünger war als er, waren klein genug, um ihre Köpfe nicht einziehen zu müssen.

Mit all meinen Verletzungen kam ich zu ihnen und war sowas wie ein Stammkunde. Mittlerweile kannte ich sie sehr gut.

Ihre Tochter war kurz vor der Beendigung ihrer Ausbildung bei ihren Eltern gewesen, als sich herausstellte, dass sie ein Lykaner war. Vermutlich nahmen ihre Eltern mir das noch immer übel. Doch so wie sie tat ich nur meinen Teil, um unser Dorf ein wenig sicherer zu machen. Svenja war mit den beiden eingetreten, hielt sich jedoch im Hintergrund.

»Was ist passiert?«, fragte die Frau. Sie kniff ihre Augen zusammen und lehnte sich ein wenig über Rory, betastete ihr Gesicht.

»Ich habe sie bewusstlos und unterkühlt im Wald gefunden«, antwortete ich.

Langsam erhob ich mich von der Bettkante, um den beiden den Platz zu geben, den sie brauchten. Ich schob mich an ihnen vorbei, doch ließ Rory nicht aus den Augen. In der einen Ecke des zugestellten Zimmers entdeckte ich auf einem Tisch einige Blätter und eine Feder mit Tinte. Mit schnellen Bewegungen schrieb ich einige Worte. Dass ein weiterer Werwolf enttarnt wurde und wo er zu finden sei.

»Kannst du das zum Bürgermeister bringen?«, fragte ich Svenja und sie nickte nur. Dann lächelte sie mich an, steckte den Zettel ein und verschwand aus dem Haus.

Vor einigen Sommern hatte sie mir bereits erzählt, dass sie das Leben als Bauersfrau nicht ausstehen konnte. Sie hasste das Arbeiten auf dem Feld und wann immer es ging, versuchte ich seitdem, ihr Auszeiten zu beschaffen. Kaum jemand tat so viele Botengänge für mich wie sie.

Als sich die Tür ein weiteres Mal schloss, fragte ich mich, ob es tatsächlich eine so gute Idee gewesen war, dem Bürgermeister zu schreiben, wo sein Sohn zu finden war. Er würde sicher Rache und noch heute den Werwolf hinrichten wollen, der seinem Sohn diesen Fluch angehängt hatte. Da wir Jagenden aber derzeit keine weiteren Verdächtigen hatten, würde seine Wut wohl eine zufällige Person treffen.

Ich seufzte. Zwei volle Monde war es her, seit die Menschen das letztes Mal ein Opfer gefordert hatten. Und heute würde es wohl wieder soweit sein. Diesen Teil meiner Arbeit hatte ich noch nie ausstehen können. Es bestand immer die Gefahr, dass es jemand Unschuldigen traf. Nun war es zu spät und ich hoffte einfach, dass jeder Beweise vorlegen konnte, die zeigten, warum sie keine Lykaner sein konnten. Eigentlich ziemlich pervers, wenn man drüber nachdachte.

»Wie geht es ihr?«, fragte ich, um mich abzulenken.

»Sie scheint durchzukommen. Zumindest falls sie nicht Fieber bekommen sollte. Dann ist es ungewiss.« Der alte Mediziner drehte sich zu mir um und zog seine Augenbrauen nach oben. Mir war bewusst, dass er mir nicht vertraute.

»Danke.« Ich hatte das Gefühl, dass die Wände immer näherkamen. Gerüchte, gegen die ich seit Jahren kämpfte und Schuldzuweisungen. Als ob all ihre Toten auf meinen Schultern lasten würden. Gerade als ich mich zum Gehen wandte, hörte ich ein leises Stöhnen.

»Sie ist wach«, stellte die Medizinerin überflüssigerweise fest. Und mit diesen Worten bröckelte mein Entschluss, zu fliehen.

Langsam trat ich an das Bett heran. Und tatsächlich. Rory hatte ihre Augen geöffnet und ihre Blicke tanzten im Raum umher. »Keine Sorge, ich habe dich im Wald gefunden. Du warst bewusstlos, doch jetzt bist du wieder in Sicherheit.« Ich lächelte sie an.

Zitternd richtete sie sich auf, doch die Angst in ihren Augen hatte sich nicht gelegt.

»Erinnerst du dich an irgendetwas, was passiert ist?«, fragte ich langsam. Zu gern würde ich wissen, wie sie es geschafft hatte, einem Lykaner zu begegnen und ohne schlimme Verletzungen zu überleben.

Rory schüttelte ihren Kopf. »Kann ich nach Hause?«, fragte sie nur mit kratzender Stimme.

Mein Blick wanderte zwischen den beiden Medizinern hin und her, die sich wortlos unterhielten. Offensichtlich waren sie sich nicht einig, ob sie gehen konnte oder nicht.

Schließlich ergriff die Frau das Wort. »Ja, das solltest du. Es ist möglich, dass du krank wirst und da willst du doch zu Hause sein. Nicht wahr?« Es war nicht schwer, den Unterton in ihren Worten herauszuhören, dass sie die Bauern nicht weiter von ihrer wichtigen Arbeit abhalten sollte.

Ihr Körper war schwach und zittrig, als Rory sich aus dem Bett erhob und, noch immer in meinen Mantel gewickelt, langsam in Richtung Tür lief.

Mit etwas Abstand folgte ich ihr. Ich wollte sie nicht belästigen, aber auch noch nicht aus den Augen lassen.

Draußen kämpfte sich die Sonne immer höher. Ihre Strahlen waren nicht wärmend und der Wind tat seinen Rest, um mich frieren zu lassen.

Rory lief nur einige Schritte, blieb dann stehen und sah mich an. Sie legte ihren Kopf schief und für den Bruchteil einer Sekunde lag ein leichtes Lächeln auf ihren Lippen, das mein Herz schneller schlagen ließ. »Du hast mich im Wald gefunden«, wiederholte sie meine Worte. Ihre Stimme versagte ihr fast.

Ich nickte.

»Wie hast du mich gefunden?«

»Mit dem Kristall, den du in deiner Hand hattest«, sagte ich und griff in meine Tasche. Gerade wollte ich ihn ihr wieder geben, doch sie wich regelrecht zurück und deutete ein leichtes Kopfschütteln an.

»Du brauchst ihn sicher mehr als ich.«

Ich musste lächeln, nickte dann und steckte ihn wieder weg. Ja, wenn sie nicht wieder nachts in den Wald ging, würde sie ihn nicht benötigen.

Wir liefen eine ganze Weile nebeneinanderher. »Was wolltest du im Wald bei Nacht?«, fragte ich sie. Zumindest das musste ich wissen.

»Ich wollte auch zumindest einmal die Kristallfelder sehen. Ich habe so viel von ihnen gehört …« Sie blickte mich entschuldigend an. Und auch, wenn so viel Wahrheit in ihren Worten lag, war ich mir sicher, dass sie mir nicht alles sagte.

Die gesamte Zeit bis zum Haus ihrer Eltern hatte ich das Gefühl, dass ich etwas sagen sollte, doch es wollte mir kein Wort über meine Lippen kommen. Gleichzeitig hatte ich das Gefühl, dass sie etwas sagen wollte, doch auch sie schwieg.

Ich brachte sie bis zu ihrer Haustür. Ihr Vater öffnete sie nur für einen kleinen Spalt und zog sie ins Haus. Trotzdem konnte ich die Erleichterung in seinen Augen sehen. Am liebsten hätte ich noch irgendwas gesagt oder mich zumindest verabschiedet, doch ich war zu langsam.

Die Zeit bis zum abendlichen Lagerfeuer ging schneller um, als ich gedacht hatte. Zwischenzeitlich hatte ich mich gebadet, gegessen und sogar etwas Schlaf bekommen. Ich saß an meinem üblichen Platz zwischen den anderen, die sich der Werwolfsjagd verschrieben hatten, und blickte ins Feuer. Nur hin und wieder hob ich meinen Blick, um die anderen aus dem Dorf anzusehen. Dieses Ritual war unser Zeichen, dass wir gegen alle Widrigkeiten trotzten und dass wir uns von dem Werwolfsfluch nicht kontrollieren ließen.

Erst als Rory sich auf ihren Platz mir gegenüber hinsetzte, entspannte ich mich und merkte, dass ich bis zu diesem Zeitpunkt angespannt gewesen war.

Nichts an ihr wirkte, als ob sie noch vor ein paar Stunden schwach gewesen wäre. Rory wirkte gesund wie eh und je. Sie unterhielt sich mit ihren Eltern, lachte mit ihrer kleinen Schwester und tanzte sogar ein paar Minuten zu der Trommelmusik.

Als eine der Ältesten hervortrat und mich lächelnd ansah, hatte ich das Gefühl, dass mir das Herz in die Hose rutschte.

Ein mulmiges Gefühl stieg in mir auf, das ich in den letzten Monaten viel zu oft gehabt hatte. Und nun erinnerte ich mich an jede der Situationen zurück. Rory, die beim Wettlaufen immer gewonnen hatte. Rory, die selbst in den kältesten Wintertagen nicht fror oder krank wurde. Rory, die sich nachts viel zu oft im Wald herumtrieb und nie auf einen Lykaner gestoßen war.

Die Verletzungen, die sie letzte Nacht davongetragen hatte, waren nicht von einem Werwolf gekommen. Sie war geschwächt gewesen. Was wäre, wenn …

Ich brach den Gedanken ab, das konnte nicht sein. Und doch:

… wenn sie auf den Kristall reagiert hatte?

Nein, denn das würde bedeuten …

Die Älteste sah mich an, lächelte. Sie wusste es und sie wollte, dass auch ich diese Erkenntnis hatte.

Der Grund, warum Rory in der Nacht im Wald war. Warum sie sonst unverletzt gewesen war. Sie hatte keinen Lykaner getroffen. Es war der Kristall gewesen, der ihr geschadet hatte. Deswegen hatte sie auch kaum Verletzungen an ihrem Körper gehabt. Und deswegen hatte sie sich auch so schnell wieder erholt.

Ein eiskalter Schauer lief mir den Rücken herunter. Die Älteste wusste es und doch hatte sie nichts gesagt.

… Rory war ein Werwolf!

Kapitel 3

Ich saß auf meinem Platz und jagte meinen Gedanken hinterher. Das konnte nicht sein. Das durfte nicht sein! Rory stand mir schon seit frühsten Kindheitstagen nah. Und ihr hatte ich auch als Erstes erzählt, dass ich Jägerin werden wollte.

Damals hatte sie betreten zu Boden gesehen und nur angemerkt, dass das doch gefährlich sei.

Von Weitem hörte ich das Streitgespräch zwischen den Ältesten und dem Bürgermeister. Er verlangte wie erwartet nach Vergeltung, doch die Wissenden waren sich einig, dass unser Dorf in den letzten Jahren genug Blut vergossen hatte.

Die einzelnen Worte hörte ich, doch sie drangen nicht in mein Bewusstsein. Ich sah nur Rory, die freudig mit den anderen neben sich redete. Als wäre sie sicher, dass sie heute nicht das Bauernopfer sein würden. Ihre Schwester, die nur wenige Jahre jung war, turnte auf ihrem Schoß herum. Ein Wort von mir, dann …

Ich wollte meinen Mund aufmachen, doch ich konnte nicht. Ich hatte jegliche Kontrolle über meinen Körper verloren. Das Einzige, was ich spürte, war die Anspannung, die sich wieder in mir breitmachte. Noch nie hatte ich diese schreckliche Wahrheit über jemanden erfahren, der mir so nah stand.

Mein Körper zitterte. Mir war eiskalt, nicht einmal die Hitze der Flammen konnte mich wärmen. Eine weitere Erkenntnis traf mich an diesem Abend: Etwas in mir verhinderte, dass ich mich gegen sie wandte, dass ich es aussprach. Es war, als hätte mich der Blick der Ältesten erstarren lassen.

Ich konnte meinen Blick nicht von Rory wenden. Sie anzusehen, fühlte sich auf eine verwirrende Art gut an. Und dass, obwohl ich wusste, dass sie eine der abscheulichen Kreaturen war, die das friedliche Leben unseres Dorfes störten.

Ein Grölen zog mich wieder in die Realität und meine Aufmerksamkeit von ihr. Der Bürgermeister hatte gesprochen und von den Bewohnenden recht bekommen. Die Augen des Bürgermeisters hefteten sich auf meine kleine Gruppe. Wir waren derzeit nur fünf Jagende. Es war ein gefährlicher Job, den nicht viele machen wollten und der in den meisten Fällen mit einem brutalen und verfrühten Tod endete.

»Gibt es jemand Verdächtiges?«, fragte er. Am liebsten hätte ich ihn angeschrien, ob das wirklich nötig sei. Es fühlte sich an, als ob ich mit mir selbst kämpfen müsste. Auf der einen Seite musste ich Rory verraten. Doch auf der anderen Seite wollte und konnte ich nichts sagen. Ich konnte mir nicht vorstellen wie Rory, diese lebensfrohe Person, jemandem etwas antun könnte. Für diese Seite schien der Gedanke unerträglich, sie auszuliefern und sie zu verlieren. Dieses Gefühl hatte ich noch nie gehabt und es verwirrte mich so sehr.

Ich spürte die Blicke der anderen Jagenden auf mir. Wie so oft sollte ich die Wortführerin sein. Als ich scheinbar nicht schnell genug antwortete, stieß mir die Person neben mir den Ellenbogen in die Seite.

»Nein«, presste ich hervor und war erstaunt, dass überhaupt etwas über meine Lippen kam.

»Ist es nicht ein gutes Zeichen, wenn niemand verdächtigt wird?«, rief jemand. Ich konnte meinen Kopf nicht drehen, um zu erfahren, wer es war. Mein Blick lag noch immer vollkommen auf Rory, die es mittlerweile bemerkt hatte. Jetzt sah sie mich auch an und lächelte. Ein leichtes, schüchternes Lächeln, das einen Knoten in meinem Magen verursachte.

»Ich traue dem Frieden nicht. Mein Sohn war sicher nicht das letzte Monster in unseren Reihen!« Der Bürgermeister begann Kreise um das Feuer zu laufen und blickte einem nach dem anderen ins Gesicht. Niemand würde diesem Urteil entgehen können. Mein Blick fiel auf die Älteste, die mir lächelnd zunickte.

Einige grölten auf, als wäre das nur ein Spiel. Als wenn er nicht gleich ohne jeglichen Anhaltspunkt jemanden zum Tod verurteilen würde.

Als der Bürgermeister stehen blieb und sich zu einer kleinen kümmerlichen Gestalt herunterbeugte, war mir bereits klar, dass auch diese Nacht eine weitere unschuldige Person sterben würde.

Diese alte Frau wohnte schon immer in unserem Dorf. Sie hatte ihr gesamtes Leben als Gerberin gearbeitet und erst als all ihre Kinder und der Großteil ihrer Enkelkinder in ihrer Gerberei mitarbeiteten, schuftete sie nicht mehr den Großteil des Tages. Über die letzten Monate hatte sie immer weiter abgebaut und eigentlich war jedem klar, dass dies vermutlich ihr letzter Winter werden würde. Doch jetzt war es sicher ihr letzter Herbst.

Da ich den letzten Werwolf überführt hatte, war klar, dass ich auch das Todesurteil vollstrecken musste.

Ich hasste diesen Teil meiner Arbeit. Wenn ich im Wald unterwegs war und die Fährte eines der Ungeheuer aufnahm, um sie zu jagen, gegen sie kämpfte und schlussendlich zur Strecke brachte, war keine Zeit für Bedenken. Ich empfand Genugtuung. Das war meine Arbeit und das, wofür ich ausgebildet worden war. Ich schützte das Dorf. Aber abends gegen Menschen vorzugehen, von denen ich nicht wusste, ob sie das Übel des Dorfes waren, fühlte sich falsch an.

Wie fremdgesteuert stand ich auf, lief im Kreis um das Feuer und blendete die Jubelrufe aus. Das konnte nicht ihr Ernst sein. Als ich mich vor die alte Frau kniete, sah sie mich mit großen Augen an. Sie wusste, was jetzt kam.

Sie wollte aufspringen, doch da packten bereits Hände nach ihr. Sie tat mir leid, doch wenn ich nicht die nächste sein wollte, musste ich tun, was von mir verlangt wurde.

»Lykaner sind das Gift unseres Dorfes«, rief der Bürgermeister. Und auch wenn ich froh war, dass er diesen Part der Zeremonie übernahm, machte mir das lauter werdende Grölen Angst. »Sie verstecken sich in allen Gestalten. Diese Frau nutzt ihr Alter und ihre Gebrechlichkeit als Fassade.«

Ich blendete aus, was er sagte und was die Menschen darauf antworteten. Mein Blick fand die Augen der alten Frau. Sie sprachen Worte, flehten um ihr Leben.

»Es tut mir leid«, sagte ich stimmlos. »Es wird schnell gehen«, versprach ich ihr und wir wussten beide, dass es eine Lüge war. Selbst wenn sie ein Mensch war: Die Magie der Kristalle würde ihr schaden und sie umbringen.

Meine Hand griff in meine Tasche und bekam einen der Kristalle zu fassen. Jemand öffnete ihr den Mund. Ich konnte kaum hinsehen, doch musste es tun. Sie zitterte, versuchte, sich loszureißen, doch ich legte ihr ein Stück des Kristalls auf die Zunge.

Ihr wurde der Mund zugedrückt. Sie begann zu schreien und sich zu winden. Mehrere Momente noch hielt man sie fest, bevor sie losgelassen wurde und unsanft auf den Boden fiel.

Zuckungen und unnatürliche Verrenkungen liefen durch ihren Körper. Es sah fast so aus wie ein Werwolf, der sich verwandelte. Nur, dass sich in diesem scheinbaren Vorgang ihre Muskeln versteiften und die alte Frau plötzlich mit weit aufgerissenen Augen liegen blieb.

Einige hinter mir grölten auf und schienen den Sieg zu feiern. Ich fühlte mich nicht siegreich.

Ich kniete mich neben die Frau, um meinen Verdacht zu bestätigen. Im Schein des Feuers war es nur schwer zu erkennen, doch die Äderchen, die in ihren Augen sichtbar geworden waren, hatten eine rötliche Färbung. Nicht die bläuliche, die der Kristall bei den Lykanern hervorrief. Ein eisiger Schauer legte sich auf meinen Rücken. Mir wurde eiskalt, obwohl ich nah am Feuer stand. Wieder einmal hatte eine Unschuldige ihr Leben lassen müssen.

Alles in mir bäumte sich auf, doch ich schluckte meinen Protest herunter. Der letzte Jäger, der sich gegen die Masse gestellt hatte, war am Ende selbst unter Anklage gestellt worden. Ich verdrehte die Augen. Als ob sich ein Lykaner lange als Jagender tarnen könnte. So oft wie wir mit den Kristallen vor den Augen aller hantierten.

Meine Hände zitterten, als ich ihre Lider schloss.

Mit wenigen Schritten war ich wieder an meinem Platz, doch ich setzte mich nicht. Ich lief einfach weiter. Für heute hatte ich genug davon, am Feuer zu sitzen und mir zu überlegen, wer von ihnen alles für die Tode Unschuldiger verantwortlich war, die schon seit Jahren immer wieder gefordert wurden. Wieso wollten sie Menschen aus ihren eigenen Reihen tot sehen? Die Male, die es am Feuer tatsächlich einen Werwolf getroffen hatte, konnte ich an einer Hand abzählen. Wenn das so weiter ging, würden wir uns selbst ausrotten.

Erst als es komplett dunkel um mich war und die Stimmen des Lagerfeuers hinter mir verklungen waren, wurde mir klar, dass ich wieder im Wald stand.

Ich ließ mich auf den Waldboden nieder und vergrub meine Hände in meinen Haaren.

»Alles in Ordnung?«, riss mich eine Stimme aus meinen Gedanken.

Ich zuckte zusammen, blickte auf und in Rorys besorgtes Gesicht. Wie von allein rutschte ich über den Waldboden, um Distanz zwischen uns zu bekommen.

Sie sah es, rang sich ein Lächeln ab und machte dann einige Schritte zurück. Dort setzte sie sich in einiger Entfernung auf den Waldboden. Gerade so weit von mir entfernt, dass ich sie und ihre Bewegungen erahnen konnte. »Du weißt es«, flüsterte sie.

Mehr als ein Nicken schaffte ich nicht.

»Wieso hast du mich nicht verraten?« Ihre Stimme war leise und es glich einem Wunder, dass ich sie über die Geräusche des Waldes verstehen konnte.

»Ich konnte nicht«, gab ich zu. »Wie kam es dazu?«, fragte ich, meinen Blick immer noch auf sie gerichtet.

»Es ist kompliziert«, antwortete sie etwas lauter, doch immer noch kaum hörbar.

»Deine Familie«, vermutete ich und als sie nicht antwortete, wusste ich, dass ich recht gehabt hatte. In wenigen Fällen wurde es tatsächlich weitervererbt.

»Bitte, sag es niemanden. Wir haben noch nie etwas Unrechtes getan.« Ihre Stimme glich einem Flehen.

Langsam richtete ich mich auf und kam auf sie zu. Die Distanz zwischen uns war schnell überwunden. Verwundert stellte ich fest, dass ich keine Angst verspürte.

»Wir jagen nur Waldtiere und haben uns noch nie gegen einen Menschen gewandt. Ich weiß nicht, wer die Ungeheuer sind, die unseren Frieden bedrohen. Sie haben es verdient zu sterben. Wir tun das nicht. Bitte. Bestraf uns nicht für etwas, für das wir nichts können«, fuhr sie hastig fort.

Meine Hände lagen in meinen Taschen. Die eine um meinen Silberdolch, die andere um den Kristallstaub. Es wäre so einfach. Stattdessen ließ ich mich auf den Boden neben sie fallen.

»Wir sind zusammen aufgewachsen«, stellte ich fest und sah sie durch die Dunkelheit an. Jede ihrer Bewegungen konnte ich wahrnehmen. Doch immer wieder riss ich mich von ihr los, um meine Umgebung besser im Blick zu haben. Es könnte eine Falle sein. Aber wenn dies eine Falle war, würde ich es eh nicht überleben. Mit einem konnte ich es aufnehmen, doch gegen zwei übernatürlich starke und schnelle Wesen war es mehr Glück, wenn man es überlebte.

»Ja.«

»Wir waren so oft allein. Du hättest mir so oft etwas antun können«, stellte ich fest. »Wir waren sogar allein im Wald, als ich dir erzählte, dass ich Jägerin werde«, fuhr ich fort. »Und du hast nichts getan.«

Sie nickte.

»Wieso?«

»Du bist meine Freundin. Wieso sollte ich dir etwas tun? Ich töte doch nicht aus Spaß. Wenn ich töte, dann um zu überleben. Ich jage keine Menschen oder stelle mich gegen sie. Es mag vielleicht Kreaturen geben, die dies tun, doch meine Eltern haben mich zu etwas anderem erzogen.«

Ihre Worte klangen ehrlich. Langsam zog ich meine Hände aus den Taschen hervor und zeigte ihr, dass sie leer waren. Wir könnten uns jetzt und hier gegenseitig töten. Und doch saßen wir einfach zusammen auf dem Boden und blickten uns genau an, als könnten wir ein Geheimnis in den Augen der anderen erkennen.

Eine wohlige Wärme erfüllte wieder meinen Körper. Ich konnte mich für den Moment entspannen. Sonst hatte ich jedes Mal wieder Angst, manchmal sogar Panik, wenn eines dieser Ungeheuer in meiner Nähe war. Wenn ich einen Verdacht hatte, dann reichte sogar die menschliche Gestalt. Doch bei Rory war das anders.

Ich war ruhig und ohne Angst. Statt Abstand zu halten, rutschte ich näher an sie heran. Unsere Beine berührten sich und unsere Arme lagen aneinander. Trotz des Stoffes zwischen uns, konnte ich sie spüren. Und ihre Präsenz fühlte sich großartig an.

»Du hast nicht vor, mich zu töten?«, fragte sie leise.

Ich schüttelte den Kopf. Mein gesamter Körper kribbelte, als ihre Hand sich ganz vorsichtig auf meinen Arm legte.

»Wieso?«

»Solang du niemanden verletzt, muss ich dir doch nichts tun. Oder? Meine Aufgabe ist es, das Dorf vor den blutrünstigen Lykanern zu schützen und wie ich es sehe, bist du keine von ihnen.« Langsam legte ich meine Hand auf ihre.

»Sie werden mich trotzdem jagen, sobald sie einen Verdacht haben. Meine Familie und ich werden nicht mehr lange in Sicherheit sein. Es ist ein Wunder, dass wir bis jetzt tatsächlich noch nicht angeklagt oder bei unserer Jagd überrascht wurden.« Durch die Dunkelheit hindurch konnte ich ihr trauriges Lächeln sehen. Vermutlich war ihr klar, dass es großes Glück war, dass sie noch lebte.

»Und wenn ich dich beschütze?«, fragte ich leise. Diese Worte kamen, ohne nachzudenken, über meine Lippen und ich verstand erst danach ihre Tragweite.

»Niemand kann uns beschützen. Vermutlich nicht einmal du«, antwortete sie leise. Ihr Kopf kam langsam immer näher, bis ihre Lippen an meinem Ohr ankamen. »Aber es bedeutet mir viel, dass du es mir anbietest.«

Eine wohlige Gänsehaut blieb zurück, als ihre Worte verklangen. Ganz langsam drehte ich meinen Kopf. Mein Herz in meiner Brust raste. Doch dieses Mal war es keine Panik.

»Ich werde tun, was in meiner Macht steht, dich zu schützen«, versprach ich flüsternd. Dann legten sich meine Lippen auf ihre.

Kapitel 4

Das Geäst knackte unter unseren Füßen, als wir rannten. Rory war nur wenige Meter vor mir und doch wirkte es, als ob ich sie nie einholen könnte.

Ihre Augen strahlten, als sie sich zu mir umdrehte. In ihrem Gesicht stand keinerlei Anstrengung geschrieben. Sie lächelte nur. Im Gegensatz zu mir, die regelrecht nach Luft ringen musste.

»Pause«, forderte ich vollkommen außer Atem.

Rory wurde langsamer und blieb stehen. Nach Atem ringend kam auch ich zum Stehen und lehnte mich an einen Baum.

»Ich sagte doch, dass du keine Chance hast«, witzelte Rory und kam auf mich zu. Sie strich mir eine Strähne hinters Ohr. Obwohl mir viel zu warm war, lief ein Schauer über meinen Körper als ihre Finger meine Haut streiften.

»Beinahe hätte ich dich eingeholt«, schwor ich, doch musste lachen. Sie einzuholen, wäre eine Unmöglichkeit gewesen.

Auch Rory lachte und dann lagen für mehrere Sekunden unsere Lippen aufeinander.

Die ersten Sonnenstrahlen des Tages kamen durch das dichte Blätterdach. Ich gähnte. Eine weitere Nacht, in der ich so gut wie gar nicht geschlafen hatte, forderte ihren Tribut.

»Du solltest ganz dringend ins Bett«, flüsterte mir Rory zu und ich nickte.

»Und du solltest ganz dringend nicht dabei gesehen werden, dass du ein weiteres Mal in der Nacht im Wald warst«, erwiderte ich ernst.

Dieses Mal war es Rory, die nickte. »Du gehst nach Hause und schläfst dich aus. Ich bleibe noch und sammele Pilze. Dann kann ich erzählen, dass ich früh am Morgen losgegangen bin.«

Ich war zu müde, um zu widersprechen, also summte ich zustimmend und hoffte, dass niemand gesehen hatte, wie sie gestern Abend in den Wald verschwunden war.

Unsere Finger hatten sich gerade erst miteinander verschränkt, doch jetzt lösten sie sich langsam voneinander. Ich schlug einen anderen Weg zurück ein und drehte mich noch einmal um. Rory kniete bereits etwas abseits des Weges und pflückte die ersten Pilze.

Die Müdigkeit übermannte mich schnell und vollkommen. Ich konnte gerade noch meine Schuhe abstreifen und mich in mein Bett fallen lassen, dann hatten sich meine Augen schon geschlossen. Erst am späten Nachmittag wachte ich auf und fühlte mich ausgeruhter.

Also wusch ich mich und warf mir frische Klamotten über.

Wie von allein zog es meine Schritte durch das Dorf und erst als ich vor dem Haus von Rorys Eltern stand, merkte ich, wohin ich unterwegs war.

Mein Herz begann zu rasen. Es war eine Mischung aus Vorfreude, Rory wiederzutreffen, und Angst, weil die Vorahnung, dass ihre Eltern anwesend sein würden, präsent war. Ob Rorys Eltern wussten, dass ich ihr Geheimnis kannte? Sie könnten mich überrumpeln und töten, ohne dass ich mich wehren konnte.

Doch da hatte ich bereits geklopft. Mir würde nichts passieren. Kein Werwolf würde seine Deckung verraten und jemanden am helllichten Tag töten. Diese kleine Sicherheit dämpfte zumindest meine Angst ein wenig ab.

Langsam öffnete sich die Tür einen Spalt breit und Rory lugte hervor. Als sie mich sah, begann sie zu strahlen und öffnete die Tür komplett.

»Komm doch herein.« Diese einfachen Worte ließen mein Herz schneller schlagen.

Im Inneren der kleinen Hütte war es schön warm. Ein Feuer brannte in dem Kamin in der Ecke. Daneben waren Holzscheite aufgestapelt. Ein noch größerer Haufen an Reisig lag mitten in dem Zimmer. Rorys Mutter saß auf einem kleinen Schemel am Feuer und wob gerade die letzten Stöckchen in einen Korb ein. Die verschiedenen Zimmer waren nur mit Vorhängen voneinander getrennt.

Wie als hätte er meine Anwesenheit gespürt, zog in diesen Moment Rorys Vater einen Vorhang zur Seite und lehnte sich mit verschränkten Armen an die Wand.

»Was willst du?«, fragte er und richtete sich bedrohlich auf. Er schien mir deutlich machen zu wollen, dass meine Anwesenheit nicht erwünscht war.

»Sei doch ein bisschen netter«, forderte ihn Rory auf. Also hatte ich mir die Abscheu doch nicht eingebildet. Nun gut, die Jagenden hatten keinen guten Stand bei ihm und das wahrscheinlich nicht nur, seitdem man seinen Vater bezichtigt hatte, ein Werwolf zu sein, und ihn hingerichtet hatte.

Das war der erste Tod, nachdem ich eine der Jagenden geworden war. Ein berechtigter Tod zwar, aber ein persönlicher für mein Gegenüber.

»Ich bin zu den Menschen nett, denen man trauen kann und die freundlich zu uns sind. Ganz einfach«, knurrte er. Es tat mir weh, dass wir vermutlich niemals miteinander warm werden würden.

Rory schüttelte den Kopf und kam zu mir. Sie legte mir die Hand auf den Arm. »Vielleicht sollten wir rausgehen«, sagte sie leise.

»Damit du dich wieder stundenlang nicht blicken lässt? Ich will nicht, dass du dich weiterhin so offensichtlich im Wald herumtreibst«, erwiderte er wütend.

Rory schüttelte ihren Kopf, als würde sie diese Diskussion nicht schon wieder führen wollen.

Ich legte meine Hand auf ihre. »Ich passe auf sie auf«, versprach ich, doch kassierte von ihrem Vater nur ein abfälliges Schnaufen.

»Sie weiß es.« Rorys Worte waren nicht laut und doch schienen sie für einen Moment jedes andere Geräusch in der Hütte zu unterdrücken.

Im nächsten Moment preschten alle Klänge gleichzeitig auf uns ein. Zusammen mit einem markerschütternden Grollen. Ohne dass ich etwas dagegen tun konnte, wich ich einen Schritt zurück.

»Was hast du getan?« Seine Worte klangen wie das Knurren eines Wolfes.

Rory stellte sich vor mich. »Sie hat es selbst herausgefunden.«

Aus Reflex wanderte meine Hand in meine Tasche und umfasste meinen Dolch. Dieses Knurren ging mir tief unter die Haut und allein ihn anzusehen, schürte die Erinnerung an die Begegnungen mit Werwölfen, die mich angeknurrt hatten, doch es fühlte sich ganz anders an, wenn sie dabei noch in ihrer Menschengestalt waren.

Während sich Rory schützend vor mir aufbaute, trat ich einen Schritt zur Seite, um wieder neben ihr zu stehen. Sie blickte mich besorgt an.

»Du weißt, was das bedeutet.« Alle Aggression war aus seiner Stimme gewichen. Eine ungute Vorahnung keimte in mir auf.

Ihre Haare flogen durch die Luft, als Rory ihren Kopf schüttelte. »Ich weiß, dass das gegen die Regeln ist und dass ihr alles andere als begeistert seid, aber denkt doch mal nach.« Sie blickte zwischen ihren Eltern und mir hin und her. »Liv kann uns nützlich sein.« Sie lächelte mich an.

Ich wusste zwar nicht, was sie meinte, doch nickte einfach. Meine Hand versteifte sich jedoch um meinen Dolch. Hoffentlich hatte sie einen Plan, denn der Hass, der in den Augen von Rorys Vater loderte, versprach mir, dass ich die nächste Nacht nicht überleben würde. Ich mochte mich Rory gegenüber verpflichtet haben, aber sollte jemand aus ihrer Familie auch nur eine kleine Gefahr für den Frieden unseres Dorfes sein, dürfte ich nicht zögern und müsste meiner Aufgabe nachgehen.

Noch vor einem Tag hätte ich geglaubt, dass die Einweihung in ein solches Geheimnis das Beste wäre, was mir geschehen konnte, um einmal mehr meine Fähigkeiten zu demonstrieren. Drei auf einen Streich. Ich hatte noch nie Skrupel gehabt, selbst die zu überführen, die mir nahestanden. Doch jetzt war alles, was ich wollte, dass sie mich nicht hassten. Und wenn er seine unausgesprochene Drohung tatsächlich wahr werden ließ, wüsste ich nicht, ob ich Rory tatsächlich den Vater nehmen könnte.

»Sie weiß, wer verdächtigt wird oder welche Routen die Jagenden durch den Wald nehmen«, begann Rory und lächelte mich ein weiteres Mal liebevoll an. »Ich meine nicht, dass du uns vorwarnen sollst, aber du kannst dafür sorgen, dass wir nicht entdeckt werden.«

Langsam nickte ich. Ich hatte ihr versprochen, dass ich sie beschützen würde, und das wollte ich auch einhalten.

»Für den Moment«, knurrte ihr Vater nur und wandte sich dann wieder zum Gehen und zog den Vorhang hinter sich zu.

Aktuell schien er mich wohl zu akzeptieren. Doch ich hatte das Gefühl, dass ich meinen Wert ihrer Familie gegenüber erst noch beweisen müsste. Das Vertrauen musste ich mir erst noch erkämpfen. Das half mir, sie besser im Blick zu behalten. Sollten sie auch nur einen kleinen Schritt in die falsche Richtung machen, würde das ihr letzter gewesen sein.

Rory griff wieder nach meinem Arm und schob mich aus der Hütte. »Tut mir leid«, sagte sie leise. »Er kann etwas … unfreundlich sein.«

»Ich verstehe es«, antwortete ich nur. Es fühlte sich gut an, zusammen mit Rory durch das Dorf zu schlendern. Sie hatte sich bei mir eingehakt und zusammen folgten wir vertrauten Wegen. »Ich habe geschworen, jeden Lykaner zur Strecke zu bringen. Ganz gleich, wer diese Person ist und was sie mir vielleicht bedeutet.« Erst als ich ausgesprochen hatte, fiel mir die Tragweite meiner Worte auf.

Sie löste sich langsam von meinem Arm. Sie war mir immer noch nah, doch jetzt fühlte sie sich so weit entfernt an.

Mit schnellen Blicken schaute ich mich um. »Das meinte ich nicht«, flüsterte ich. »Ich bin bereit, jedem seine gerechte Strafe zukommen zu lassen, der eine Gefahr für unser Dorf darstellt.« Es war eine Dehnung der Regelung, ohne

Frage. Das war nicht ganz das, was ich geschworen hatte, doch das, wie ich meinen Schwur neu interpretieren würde.

Mehrere Momente blickte mich Rory an. »Ich vertraue dir. Es ist komisch und vermutlich alles andere als nachvollziehbar, doch ich vertraue darauf, dass du das Richtige tust.« Dann lächelte sie wieder, lehnte ihren Kopf auf meine Schulter und griff nach meinem Arm. Obwohl ich sie schon ewig kannte, wusste ich nicht, woher diese Sicherheit kam.

Ich wünschte, ich könnte auch nur im Ansatz so entspannt sein, wie sie es war. Rory hatte ein so großes Herz. Und dass, obwohl sie schon immer in der Angst leben musste, dass sie oder ihre Familie auffliegen würde.

Wir passierten den kleinen Dorfplatz. Der Bürgermeister stand mit der Ältesten neben dem riesigen Stapel an Ästen und Holz. Jeden Tag wurden mehrere Männer damit beauftragt, Holz aus dem Wald zu holen, damit es genug Brennmaterial für den Abend gab.

Auch wenn das eine Tradition war, wollte ich nicht daran denken, wie viel Holz wir jeden Tag, jede Woche und jeden Monat vernichteten.

Der Blick der Ältesten schweifte über Rory und mich. Für mehrere Momente fixierte ihr Blick uns, dann lächelte sie wissend.

»Sie weiß es«, presste ich heraus.

»Was?« Rory schien meinen Gedanken nicht folgen zu können.

»Alles. Das über uns und das über dich.«

Rory versteifte ihre Hand um meinen Arm. Ich konnte ihr Zittern spüren. »Wie hat sie das erfahren?«

»Das müssen wir herausfinden.« Als sie ihr Gespräch mit dem Bürgermeister beendete, winkte sie uns lächelnd zu sich.

»Keine Sorge«, raunte ich Rory zu und ließ meine linke Hand in meine Tasche gleiten. »Ich beschütze dich, komme was wolle.«

Kapitel 5

In meinem gesamten Leben war ich erst zwei Mal in der Hütte der Ältesten gewesen. Das eine Mal, als meine Mutter im Sterben lag und wir uns Rettung erhofft hatten. Zu der Zeit rumorten auch die ersten Gerüchte, dass sie eine Zauberin sei. Aber da sie nur half und dem Dorf nicht schadete, schien es niemanden zu stören. Das zweite Mal, als ich von einem Lykaner gebissen worden war und sie entscheiden musste, ob das Ausbrennen der Wunde meine Verwandlung aufhalten würde oder ob mein Schicksal unaufhaltsam war. In der ein oder anderen Vollmondnacht ziepte die Stelle an meiner Seite noch immer.

Beide Male war ich mit pochendem Herzen und voller gefährlicher Hoffnung über die Schwelle der Tür getreten. Doch dieses Mal war es anders.

Ich schob mich vor Rory. Denn eines war klar, was auch immer die Älteste von uns wollte, ich würde die Werwölfin hinter mir beschützen.

Kaum, dass die Zauberin ihre Hütte betreten hatte, ließ sie sich auf einen ihrer Stühle nieder.

Nur einen Moment streifte mein Blick durch den Raum. Die Wände waren zugestellt mit Regalen, die von Büchern und Pergamentrollen nur so überquollen. Es gab etliche Tische und Schränkchen, auf denen jeder Millimeter zugestellt war mit getrockneten Kräutern, aufgeschlagenen Büchern und unterschiedlich gefüllten Gläsern war.

Ich griff nach Rorys Hand, die noch immer hinter mir stand. Sie war kalt und ich drückte sie, wie um zu sagen, dass sie keine Angst haben müsse, weil ich da war. Die andere lag noch immer in meiner Tasche.

»Kindchen«, begann die Zauberin, »nimm deine Hand von deinem Dolch oder willst du meine Gastfreundschaft reizen?« Sie lächelte mich an und erhob sich wieder von ihrem Stuhl. Langsam griff sie nach ihrem Gehstock und ging gebeugt zu der Ecke, in der ein Feuer offen brannte. Darüber hing ein Kessel, in dem etwas köchelte. Mit einer langen Kelle schöpfte sie etwas von der Flüssigkeit ab und füllte sie in Becher.

Sie reichte uns je einen, bevor sie sich selbst einen dritten nahm. Nur zögerlich löste ich meine Hände und griff nach dem Gefäß. Der Becher war heiß an meinen Händen.

Die alte Frau setzte sich wieder, blickte uns an und nippte an ihrem Getränk.

»Wenn ich euch etwas tun wollte, hätte ich das schon längst getan«, sagte sie langsam und ruhig. »Mir entgeht nichts, was in diesem Dorf und seiner Umgebung geschieht.« Wieder lächelte sie und trank einen weiteren Schluck aus ihrem Becher.

Wenn sie davon wusste, was wollte sie dann von uns? Und wenn ihr nichts entging, wieso hatte sie dann so viele unschuldige Menschen sterben lassen, bei dem Versuch, die Werwölfe zu finden? Sie hätte die Werwölfe verraten und Leben retten können.

»Eine jagende und eine gejagte Person, Lykaner und Jagende vereint. Eine sehr interessante Kombination. Nicht wahr?«

Ich zuckte bei ihren Worten zusammen. Aus dem Augenwinkel sah ich, dass es Rory ähnlich ging.

»Glaubt ihr wirklich, dass sich auch nur ein Lykaner im Dorf verstecken kann, ohne, dass ich davon weiß?«, fragte sie und lachte auf, als hätte sie gerade etwas nahezu Absurdes gesagt.

»Ihr habt gelenkt, von wem wir wissen und wer unbemerkt bleiben darf«, stellte ich fest.

Sie nickte zustimmend, obwohl es eigentlich eine Feststellung, keine Frage gewesen war. »Wer keinen Ärger macht, muss nichts befürchten«, erklärte sie langsam und blickt dabei Rory in die Augen.

»Was ist mit all den Unschuldigen, deren Schicksale am Feuer besiegelt werden?« Sie mochte vielleicht kontrollieren können, von wem wir wussten, doch sie konnte ganz sicher nicht beeinflussen, wessen Tod gefordert wurde.

»Ja. Das ist schon schwieriger.«

Über Jahre hatten wir immer wieder Menschen hingerichtet. Vielleicht hätte man argumentieren können, dass es keine Lykaner mehr gab und deswegen immer wieder Menschen das Los traf.

»Es sind nicht immer die Werwölfe, die das Gift unserer Gesellschaft sind. Nicht jeden kann ich schützen, der den Tod nicht verdient hat. Andersherum aber auch nicht jedem den Tod bringen, der schadhaft ist.«

Langsam drehte ich mich zu Rory um, die sich regelrecht an ihrem Becher festklammerte. Ich wusste nicht, worauf die Älteste mit diesem Gespräch hinauswollte.

»Ich bin es leid«, begann sie sich endlich zu erklären. »Wisst ihr, Kinder, ich lebe nun schon so viele Jahre in unserem wunderschönen Dorf und hatte nie das Bedürfnis, woanders zu leben. Und dann begann das Morden. Ich dachte, es wäre nur eine Phase. Doch es stellte sich heraus, dass es zu viele Menschen gibt, die ihre Macht und Überlegenheit in dieser Art und Weise demonstrieren wollen. Also töten sie sich immer wieder gegenseitig. Mal mit und mal ohne Grund, aber es ist eigentlich immer überflüssig.« Sie schüttelte den Kopf über diesen Gedanken und am liebsten hätte ich ihr gesagt, dass sie zum Punkt kommen solle. »Ich weiß, dass meine Zeit bald gekommen ist. Deswegen will ich sicher sein, dass zumindest ein Samen des Friedens gesät wurde, bevor ich gehe.« Sie lächelte uns an.

Rory trat einen Schritt vor und starrte die alte Frau nachdenklich an. Ein leises Knurren entwich ihr aus ihrer Kehle. Ohne ihr Gesicht sehen zu müssen, spürte ich die Wut, die in ihr aufkochte. Ich verstand nicht, warum Rory der Ältesten am liebsten an die Gurgel gegangen wäre.

»Du warst das.« Ihre Stimme glich einem Knurren und es erinnerte mich unfreiwillig an das Geräusch, das ihr Vater gemacht hatte. Sie konnte das ebenso beeindruckend.

Die Zauberin nickte und lehnte sich zufrieden in ihrem Stuhl zurück.

»Was?«, fragte ich nur. Ich verstand nicht, worauf sie anspielte.

»Keine Sorge, ich kann nur mit dem arbeiten, was bereits vorhanden ist. Sagen wir so, ich habe eure Gefühle füreinander lediglich verstärkt und sie euch erkennen lassen.« Sie nahm einen letzten Schluck aus ihrem Becher, stand dann wieder auf, um ihn ein weiteres Mal neu zu befüllen.

Rorys Becher fiel auf den Boden, der Tee hinterließ eine Pfütze. Mit einer Bewegung hatte sie den Raum durchquert und drückte die alte Frau gegen die Wand. Das Regal hinter ihr protestierte knarrend. Einzelne Bücher fielen heraus.

»Was hast du getan?«, knurrte sie leise.

Ich schüttelte mich aus meiner Starre los, stellte meinen Becher ab und ging auf Rory zu. Meine Hände legten sich um ihre Schultern und ich versuchte sie von der alten Frau zu lösen. Doch die Werwölfin war um Längen stärker. Durch ihre dicke Kleidung konnte ich Rorys angespannten Muskeln spüren.

»Bitte, Rory«, flehte ich. »Beruhige dich.«

Langsam drehte sie ihren Kopf zu mir. Ihre Augen glühten rot. Sie schnaubte.

Dieser Anblick sollte mir Angst machen. Ich ahnte, dass sie kurz vor ihrer Verwandlung stand. Ein falsches Wort und ich würde sie bekämpfen müssen.

Doch ich blickte sie nur an, ging langsam um sie herum und griff nach ihren Händen.

»Lass das«, knurrte sie, doch ich verstärkte meinen Griff um ihre Hände, bis sie sich langsam von der Ältesten lösten. Selbst als sie sie freigab, hielt ich sie noch fest und umschloss sie mit meinen.

»Ich bin bei dir«, flüsterte ich und langsam verschwand das Rot aus ihren Augen wieder.

Sie schüttelte ihren Kopf. Es wurde oft gesagt, dass Lykaner keine Kontrolle über sich hatten, doch ich hatte viele getroffen und gegen genug gekämpft, um zu wissen, dass sie sich immer ihrer Selbst bewusst waren.

»Was ist los?«, fragte ich leise. Mir war bewusst, dass die alte Frau neben uns stand und jedes unsere Worte mitbekommen würde.

»Sie ist schuld«, antwortete Rory auch flüsternd. »Sie hat uns … unsere Leben miteinander verbunden.«

Die Worte sickerten nur langsam in meinen Verstand ein. Zuerst wusste ich nicht, was sie mir sagen wollte, doch als ich zu der alten Frau schaute, nickte sie langsam.

»Es ist ein Zauber, leicht zu sprechen, aber schwer zu brechen.« Sie lächelte uns an. »Aber seid gewiss, dass dieser Zauber eine Basis braucht. Eure Gefühle füreinander waren bereits da. Ich habe sie lediglich hervorgearbeitet und unterstützt. Ihr zwei seid zwei Menschen, die in ihrer Lebensausrichtung nicht unterschiedlicher sein könnten – Jagende und Werwölfin – und trotzdem so tief miteinander verbunden, dass ihr der Samen des Friedens zwischen uns Menschen sein könntet.« Die alte Frau schaute zufrieden drein.

Mir jedoch wurde flau im Magen, als sich die unumgängliche Frage stellte: Wie viel von dem, was ich gegenüber Rory empfand, war tatsächlich echt und wie viel hatte sie mir eingepflanzt?

»Es ist trotzdem echt«, klinkte sich die Zauberin wieder ein. Trotzdem löste ich langsam meine Hände von Rorys. »Ihr mögt euch. Früher oder später hätten sich eure Wege verbunden.«

»War es das, was du uns sagen wolltest?«, fragte ich und schaute die alte Frau an.

»Ich will, dass ihr wisst, dass ihr für ein friedliches Miteinander sorgen könnt. Dieses Dorf ist so durchzogen von Hass, dass es jemanden braucht, der den Anfang macht. Gegen so viel Hass kann man nur mit viel Liebe ankommen.« Sie wirkte voll und ganz zufrieden.

Ich lachte laut auf. Als ob wir dafür sorgen könnten, dass der Blutdurst des Dorfs versiegte. Traurig schüttelte ich den Kopf. »Ich glaube nicht, dass das möglich ist.«

Der Abend kam wieder einmal zu schnell. Ich wollte heute nicht am Lagerfeuer sitzen und die Geschichten darüber hören, wie sich Menschen den Lykanern stellten und es überlebten. Je blutiger, desto besser und je abscheulicher, desto mehr Anwesende hingen ihnen an ihren Lippen.

Immerhin wollten sie kein Blut sehen, solange sie darüber sprachen. Während die Geschichten erzählt wurden, waren die Einwohnenden des Dorfes still und verlangten nicht, dass ein weiteres Opfer hingerichtet wurde. Und doch fand ich mich neben den Flammen sitzend wieder. Glaubte die Älteste wirklich, dass wir diesen Kreislauf durchbrechen könnten?

»Woran erkennt man eine der Kreaturen?«, rief ein kleines Kind. Es war aufgesprungen und hielt einen Ast, der fast doppelt so groß war wie es selbst, wie ein Schwert. Ich konnte Hass in den Augen des kleinen Menschen sehen und zweifelte tatsächlich daran, dass jemals Harmonie herrschen konnte.

Niemand antwortete dem Kind. Mehrere lachten, andere schüttelten den Kopf.

Das Kind rannte auf mich zu. Mehrfach wäre es beinahe hingefallen und verfehlte nur knapp andere Menschen. Als mir die Spitze gefährlich nahekam, tauchte ich unter dem Ast hindurch und griff danach. Das Kind ließ erstaunlich protestlos den Stock los. »Wenn ich groß bin, werde ich auch ein Jäger. Also woran erkenne ich einen Werwolf?«

Ich seufzte auf und schüttelte langsam den Kopf. »Die Wolfsgestalt ist ein sehr gutes Indiz«, sagte ich. Ich wusste, woran man sie erkennen konnte. Doch dass Rorys Familie Jahrzehnte hier lebte, ohne dass auch nur einer von uns einen Verdacht hatte, zeigte, dass unsere Methoden doch nicht so zuverlässig waren, wie wir es dachten.

Das Kind stampfte auf den Boden und ich musste mich zusammenreißen nicht zu Rory zu blicken. Es würde sich anfühlen, als würde ich sie verraten, wenn ich das tat. »Nein, wenn sie sich als Menschen ausgeben.«

»Dann sehen sie aus wie Menschen. Es hilft nur, zu beobachten. Manchmal machen sie Fehler und offenbaren ihr wahres Ich.« Am liebsten hätte ich nicht geantwortet, doch trotz des schwachen Feuers konnte ich sehen, dass mir viele an den Lippen hingen.

»Wir müssen sie töten«, verlangte das Kind und langsam wurde es mir zu viel.

»Hör zu«, versuchte ich ruhig zu sagen, doch meine Stimme schwankte. »Wer Unrecht tut, wird bestraft. Doch einfach jemanden auf einen Verdacht hin zu töten, ist unrecht.« Es war das erste Mal, dass ich mich tatsächlich traute, diese Worte auszusprechen.

»Aber lieber auf Verdacht hin jemanden töten als selbst zum nächsten Opfer der Kreaturen zu werden«, schrie jemand von der anderen Seite des Feuers. Zustimmende Stimmen wurden laut.

»Und wenn diese Person gar kein Lykaner ist? Dann sind wir nicht besser als die, die den Frieden unseren Dorfes bedrohen«, antwortete ich ins Nichts. Durch die Flammen konnte ich die Person, die gesprochen hatte, nicht erblicken.

»Du sympathisierst mit ihnen«, klagte mich einer der Jäger neben mir an.

Ich schüttelte den Kopf. In diesem Moment beobachteten mich wohl alle Personen am Feuer. Vermutlich warteten sie auf einen Fehler meinerseits. Etwas, das diesen Abend zu einer zukünftigen Geschichte werden ließ. »Nein, ich sage nur, dass es für den Frieden des Dorfes nicht zuträglich ist, wenn wir uns gegenseitig auf einen Verdacht hin niederstrecken. Ich bin davon überzeugt, dass der, der Unrecht tut, dafür bezahlen muss. Aber jemand, der sich noch nie etwas zu Schulden hat kommen lassen, muss nicht für eine Sünde bezahlen, die er nie begangen hat.« Waren das meine Worte oder hatte auch das mir die Älteste eingepflanzt?

Meine Augen wanderten durch die Runde und suchten sie. Sie saß wieder einmal neben dem Bürgermeister. Als mein Blick ihren streifte, nickte sie zustimmend. Ich war nicht viel mehr als ihr Werkzeug.

Seit wann beeinflusste sie mich schon? Denn diesen Gedanken hatte ich schon lange. Bereits kurz nach meiner Ausbildung zur Jägerin hatte sich das Bedürfnis nach Frieden das erste Mal in mir breit gemacht. Die Worte fühlten sich richtig an und ich würde zu ihnen stehen.

»Du sympathisierst mit ihnen«, wiederholte der Jäger neben mir. Seine Stimme bekam einen lauernden Unterton.

Ich seufzte auf. »Nein, ich …«, doch ich wurde von ihm unterbrochen.

Er stand auf und hatte im nächsten Moment die Aufmerksamkeit aller am Feuer. Er war die Art von Mensch, der so etwas genoss. Er liebte es, im Mittelpunkt zu stehen, und es war ein Wunder, dass er nicht jede Hinrichtung vollzog.

»Beweise es«, sagte er schlicht und schon in der nächsten Sekunde wurden Rufe laut, die seine Worte aufgriffen.

Wo hatte ich mich nur hineingeredet? Ich blickte zu der Ältesten, die missmutig ihre Stirn runzelte. Dieser Abend verlief anders als geplant.

»Wie?«, presste ich hervor.

Das letzte, was ich jetzt noch wollte, war, heute jemandem den Tod bringen zu müssen.

»Es gibt eine Person, von der wir sicher sind, dass sie entweder eine der Lykaner ist oder mindestens Kontakte zu solchen hat. Und das, ohne uns in Kenntnis zu setzen.« Seine Augenbrauen wippten beim Sprechen. Ich verbarg meine Hände in der Weite meines Mantels, damit niemand sie zittern sehen konnten. Mein Blick wandte sich allein von ihm ab aus Angst, was ich in seinen Augen sehen würde.

Die Menge hatte kurz den Atem angehalten. Nur um in seiner Sprechpause »Tot, tot!« zu postulieren.

Am liebsten hätte ich den Kopf geschüttelt und gefragt, wann sie das entdeckt hatten und warum genau sie mir erst jetzt davon erzählten. Doch nach den letzten Minuten hatte ich Angst, dass auch das wieder gegen mich verwendet wurde.

»Die Menge hat es erfasst. Auf diesen Umstand steht die Todesstrafe.« Der Jäger schaute mich wieder an. Erwartungsvoll.

Langsam nickte ich. Ich kannte unsere Gesetze und auch das, was sie von mir seit meiner Ausbildung verlangten. Alles in mir sträubte sich, heute schon wieder diejenige zu sein, die den Tod bringen würde. Sonst war der Blutdurst länger gestillt, oft wochenlang. Trotzdem hatte sich in den letzten Monaten die Zahl der hier lebenden Menschen immer weiter reduziert. Wenn wir so weiter machten, würden wir uns selbst abschaffen.

»Dann komm deiner Aufgabe nach«, forderte er mich auf und griff in seine Tasche.

Zögerlich stand ich auf und nahm eine Handvoll Kristallstaub entgegen. In meiner Tasche hatte ich nach wie vor mehr als genug, doch es ging um die Geste.

Innerlich stieß ich ein Stoßgebet aus, dass es auch dieses Mal niemanden treffen würde, der mir nahestand.

Meine und seine Bewegungen wurden von der Menge beobachtet, die alles, was wir taten, mit Rufen kommentierte.

Seine Augen wanderten ein weiteres Mal durch die Menge und ich hatte ein ungutes Gefühl. Er hielt inne, als sein Blick auf Rory fiel. Doch es war nicht Rory, auf die sich seine Aufmerksamkeit richtete, sondern deren kleine Schwester.

»Molly.« Die Menge zischte wütend, aber auch ein paar erschrockene Ausrufe erklangen.

Dieser verdammte Fluch des Mondes.

Kapitel 6

Ich führte meine Bewegungen aus, als stünde ich neben mir. Ich beobachtete mich, wie ich benommen um das Feuer lief. Begleitet von den Jubelrufen der Menschen.

Rory hatte es nicht gesagt, doch ich wusste, dass ihre Schwester genauso eine Werwölfin sein musste, wie der Rest ihrer Familie.

Wie konnten sie den Tod eines kleinen Kindes fordern? Es konnte doch die Tragweite seiner Handlungen und Aussagen noch nicht begreifen. Konnte ich in diesen Moment alles ignorieren, woran ich glaubte, um nicht selbst zur Zielscheibe zu werden?

Viel zu schnell setzte ich meine Füße voreinander. Ich wusste nicht, was ich tun sollte.

Alles, was ich sah, waren Rorys flehenden Augen. Ich konnte ihr nicht ihre Schwester nehmen. Ob sie den Fluch hatte oder nicht. Das war nicht richtig. Neben ihr saß ihr Vater. Sein Blick sprach Bände. Er zweifelte vermutlich keinen Moment daran, dass ich sein kleines Mädchen töten würde, um zu beweisen, dass ich auf der richtigen Seite stand.

Doch es war Rory, die sich mir in den Weg stellte. »Sie ist doch noch ein Kind«, rief sie und blickte in die Runde. Molly saß nun auf dem Schoß ihrer Mutter. Das kleine Mädchen zitterte und wimmerte. Die Mutter hatte schützend ihre Arme um sie gelegt und ich war mir sicher, dass auch ihr Vater bereit war, sofort aufzuspringen.

»Ihr könnt doch nicht verlangen, dass ein Kind für eure perversen Gelüste stirbt.« Rory baute sich vor mir auf.

Mehrere zogen ihre Luft scharf ein. Jetzt hatte sie sich in das Kreuzfeuer gestellt. Jetzt war es nicht mehr Molly, der die Aufmerksamkeit galt, sondern ihr.

»Sympathisantin«, rief jemand und es fühlte sich an wie ein Schlag in meine Magengrube. Gegen ein Kind aufgehetzt zu werden, war schon schlimm genug. Doch gegen Rory konnte ich mich nicht richten.

Langsam rieselte der Kristallstaub aus meiner Hand. Ich konnte mich nicht gegen sie stellen.

Sekunden, die sich wie Stunden anfühlten, stand ich Rory gegenüber. Alle Erlebnisse der letzten Tage zogen vor meinem inneren Auge vorbei. Dass ich mich zu ihr hingezogen fühlte, war real. Egal, was mir die Älteste sagte. Es fühlte sich zu real an, als dass ich glauben könnte, dass es nicht so war. Vielleicht hatte sie tatsächlich meine Gefühle verstärkt, doch ich könnte es auch so nicht ertragen, sie zu verlieren.

»Wir sind nicht besser als Tiere, wenn wir uns gegen unsere eigenen Freunde und unsere Familie stellen«, startete ich einen weiteren Versuch und drehte mich zu den anderen um. Die, die ich nun schon seit Jahren kannte. Die mich hatten aufwachsen sehen und mich ausgebildet hatten.

Ein Knurren vibrierte über den Platz. Es kroch bis in meine Knochen hinein und mein Instinkt rief mir zu, dass ich weglaufen sollte. Ein Knistern lag in der Luft. Trotz des Feuers zog eine eiskalte Brise auf und der typische Verwesungsgeruch lag in der Luft. Eine Verwandlung zu einem Werwolf war mitten im Gange.

Jemand schrie auf. Menschen stoben auseinander, flüchteten vom Platz.

Ohne darüber nachzudenken, griff ich in meine Tasche und meine Hand schloss sich um meinen Silberdolch. Welchen Lykaner auch immer ich wütend gemacht hatte, ich war bereit mich und Rory zu verteidigen.

Es knurrte ein weiteres Mal. Menschen wichen zurück und die ersten flohen vom Feuer.

»Du sollst sie töten, verdammt nochmal«, knurrte es ein weiteres Mal. Ich sah mich um und blickte direkt in die obsidianfarbenen Augen des Bürgermeisters, der auf mich zulief. Meine Gedanken fühlten sich zäh an. Konnte es wirklich sein?

Wenn er selbst ein Lykaner war, wieso wollte er dann, dass ich Rory und ihre Schwester tötete? Das ergab keinen Sinn mehr. Er hatte sich verraten.

Meine Hand verfestigte um meinen Dolch. Gerade wollte ich einen Schritt auf das Ungeheuer zutreten, da schob sich Rory vor mich. Ein weiteres Mal wollte sie mich beschützen, doch ich ließ es nicht zu. Ich trat Schritt um Schritt auf den Bürgermeister zu. »Wieso?«, fragte ich nur.

Er lachte auf und bleckte seine Zähne. Kam es mir nur so vor oder waren sie spitzer geworden als vorher? Sie wurden langsam zu Fangzähnen. Er verwandelte sich.

»Ein Werwolf«, rief ein Dorfbewohner.

Der Bürgermeister setzte zu einem Sprung an.

Ich kannte nur Geschichten und Beschreibungen darüber, wie sich ein Werwolf verwandelte. Jetzt sah ich alles deutlich vor mir: In der Luft verrenkte sich sein gesamter Körper. Er stieß ein weiteres markerschütterndes Knurren von sich. Von der einen auf die andere Sekunde spross Fell aus seiner Haut.

Meine andere Hand fuhr in meine Tasche. Ich bekam eine Handvoll Kristallstaub zu fassen und schleuderte sie dem riesigen Ungeheuer entgegen.

Der riesige Wolf schüttelte sich und wirkte noch wütender als bereits zuvor. Er kam nur Millimeter vor mir auf den Boden und ich fuhr ihm mit meinem Silberdolch über die Schnauze.

Im nächsten Moment landete ein weiterer Jäger neben mir und schleuderte Kristalle gegen den Bürgermeister. Doch wieder schüttelte sich der Wolf nur. Noch nie hatte ich von einem Werwolf gehört, der gegenüber der Macht der Kristalle immun war.

Der Lykaner schnappte nach dem anderen Jäger. Ich rammte ihm meinen Dolch in den Hals, doch er zuckte nur kurz einmal zusammen und fing sich schnell wieder. Im nächsten Moment wurde ich mitgerissen, als der Bürgermeister herumfuhr. Verzweifelt versuchte ich, den Dolch fester zu greifen, doch ich hatte keine Chance. Gelbe Augen starrten mich an. »Du hättest sie töten sollen, als du die Chance dazu hattest«, knurrte er.

Sprachlos erwiderte ich seinen Blick. Ich hatte nicht damit gerechnet, dass dieses Vieh sprechen konnte.

Es bleckte seine Zähne und setze zu einem Biss an, als es von einer schwarzen Kugel von den Füßen gerissen wurde. Es jaulte auf.

Nur langsam bildeten sich in der Dunkelheit die Schemen heraus. Ein zweiter Wolf war auf ihn losgegangen. Die Zähne der Wölfe verkeilten sich in ihren Kehlen. Sie wirbelten auf dem Platz herum. Immer wieder drückten sie sich gegenseitig zu Boden und rissen Wunden in den Körper des anderen.

Jemand warf eine weitere Hand Kristallstaub, der auf beide Wölfe fiel. Ein Jaulen ertönte und ich sah eine Sekunde die Augen der zweiten Kreatur. Rory.

Ohne zu zögern, rannte ich los und überbrückte die Distanz zu den Wölfen in Sekunden. Ich zog mein Messer aus dem Hals des Bürgermeisters. Mein nächster Schnitt war tiefer, präziser. Immer und immer wieder ließ ich Kristallstaub auf ihn niederrieseln, doch es hatte weniger Effekt als bei den anderen Wölfen, gegen die ich bisher gekämpft hatte.

Ich konnte Rory winseln hören, wann immer sich die Zähne des anderen Wolfes in ihren Körper gruben. Doch ich konnte nichts dagegen tun. Die einzige Chance, die wir hatten, war, ihn zu überwältigen.

Meine Knie versanken in dem dicken Fell des Bürgermeisters, als ich ihn nach unten drückte. Langsam, viel zu langsam ließen seine Kräfte nach und die Kristalle erzielten endlich eine Wirkung. »Geh, bevor es zu spät ist«, raunte ich Rory zu, während ich einen Kristall in die Wunde des Monsters trieb.

Blut rann ihr aus den tiefen Wunden und wo der Kristallstaub das Fell berührte, löste es sich von der Haut.

»Bitte«, flehte ich.

Sie wand sich einmal, drehte sich noch einmal zu den Jagenden um, die sich nicht entscheiden konnten, welchen der Wölfe sie zuerst attackieren wollten. Dann machte sie einen Satz nach vorn und verschwand in der Dunkelheit.

Im Schimmer des Feuers sah ich, wie Rorys Vater sich nun auch umwandte – in Menschengestalt. Am liebsten wäre ich Rory nachgelaufen, hätte ihre Verletzungen versorgt, sie vor der Wut der Jagenden beschützt, doch ich war immer noch mitten im Kampf.

Ich musste darauf vertrauen, dass ihr Vater sich um sie kümmern würde und hoffen, dass niemand ihre Verwandlung gesehen hatte.

Mit meiner letzten Kraft versenkte ich meine Klinge noch einmal in dem dichten Fell. Der Bürgermeister war stark, doch seine Kräfte neigten sich dem Ende zu. Sein Körper erschlaffte endlich unter mir und langsam formte er sich zurück in den eines Menschen.

»Wir müssen in den Wald«, rief eine Jägerin. Sie strich ihre braunen Haare zurück und ich konnte Blutdurst in ihren Augen sehen.

»Der andere Wolf hat uns geholfen. Sollten wir ihn wirklich jagen?«, fragte ich und war bereit, jeden Moment aufzuspringen und sie zu verfolgen, sollte die Jägerin selbst eine Entscheidung treffen.

Sie war einige Jahre älter als ich, doch seltener allein im Wald unterwegs.

»Ich würde ja sagen, dass wir den Bürgermeister fragen sollten, aber das ist nicht mehr möglich«, antwortete eine andere Jägerin, die nun neben mich trat und auf den beinahe leblosen Körper blickte. Mit geübten Bewegungen drückte sie den Mund der fast toten Person auf und platzierte Kristalle darin.

Der ehemalige Bürgermeister begann zu zucken, doch das war ein Kampf, den selbst er nicht gewinnen konnte.

»Lasst es gut sein«, befahl eine zittrige Stimme.

Ich blickte mich um und sah die Älteste, die noch immer am Feuer saß. Sie war die einzige Bewohnerin, die in dem Trubel nicht verschwunden war. Müde, doch lächelnd blickte sie in das Feuer.

»Der zweite Wolf hätte euch töten können, während ihr mit diesem Ungeheuer beschäftigt wart. Doch er entschied sich dafür, euch zu helfen. Vielleicht solltet ihr darüber nachdenken, was das bedeuten könnte.« Sie seufzte.

Nach diesem Abend wollten scheinbar alle zurück in ihre Hütten. Nur vereinzelt kamen Widerworte, doch wir einigten uns darauf am nächsten Tag, wenn wir das Geschehene hatten verarbeiten können, nochmals darüber zu reden. Erst dann entspannte ich mich. Nichts erinnerte mehr daran, dass der Tote zu meinen Füßen einmal der einflussreichste Mann in diesem Dorf gewesen war.

»Keine Sorge, Kind, es geht ihr gut.« Die Alte stützte sich auf ihren Gehstock und drückte sich auf die Füße.

»Du wusstest, was er war. Oder?«, fragte ich. Ich hatte noch nicht verstanden, warum sie behauptete, alles zu wissen.

Sie nickte langsam. »Er stand dem Frieden schon immer im Weg. Schon seitdem er sich damals zum Bürgermeister gemacht hat. Hoffen wir darauf, dass das Schicksal uns einen besseren Nachfolger schicken wird. Alles, was ich tun konnte, war, seinen Hochmut immer weiter zu verstärken, in der Hoffnung, dass er sich eines Tages vor den Augen aller verwandelt.«

Ich nickte, dann wandte auch ich mich ab. Für mehrere Sekunden konnte ich mich nicht entscheiden, was ich tun sollte. Auf der einen Seite konnte ich nicht in den Wald. Da war Rorys Vater, der mich vermutlich noch mehr hasste als jemals zuvor und ich könnte verfolgt werden, wodurch ich sie noch weiter in Gefahr brachte.

Doch hierbleiben oder in meine Hütte gehen, konnte ich auch nicht. Schlafen würde mir unmöglich sein, bis ich mich nicht versichert hatte, dass es Rory gut ging.

Ohne noch weiter darüber nachzudenken, betrat ich allein den Wald. Die Dunkelheit der Nacht umfing mich, die Kälte zog in meine Kleidung und ich spürte die Panik in mir aufsteigen. In meiner Nähe musste ein Lykaner sein. Vermutlich eher mehrere. Doch ich versuchte, das Gefühl zu ignorieren, griff nach meinem Dolch und folgte meiner Hoffnung immer weiter in den Wald hinein.

Kapitel 7

Es dämmerte bereits, als ich sie fand. Rory lag neben einem Waldweg. Ihr gesamter Körper war mit Wunden überzogen und kleine Sprenkel zeigten, wo die Kristalle sie getroffen hatten. Sie sah mehr tot als lebendig aus.

»Rory«, rief ich aus und rannte die letzten Meter zu ihr.

Sie lächelte mich an. Ihre Lippen formten Worte, doch sie sagte nichts.

Ich sank neben ihr auf die Knie. Ihr Körper fühlte sich eiskalt an. Ein weiteres Mal innerhalb kürzester Zeit zog ich meinen Mantel aus und legte ihn um sie. So ungern ich es auch mir selbst gestand, dieses Mal konnte ich sie nicht ins Dorf bringen. Ihre Verletzungen verrieten sie als Werwölfin und die Wirkung der effektiven Waffen behinderten ihre beschleunigte Heilung.

Also nahm ich sie nur in den Arm, schlang meinen Mantel enger um uns und versuchte, ihr so viel Wärme wie möglich zu spenden.

»Du hast mir das Leben gerettet«, flüsterte ich und presste meinen Körper an ihren. Viel konnte ich gerade nicht tun, doch zumindest das. Mein Kopf überschlug sich mit Ideen, wie ich sie verarzten konnte. Doch die Wahrheit war, dass ich keine Ahnung von Kristallstaubwunden hatte, beziehungsweise deren Heilung. Das hatte nicht zu meiner Ausbildung gehört.

»Es war mir eine Ehre an deiner Seite zu kämpfen«, flüsterte sie und legte ihren Kopf auf meine Schulter. Rory war schwächer, als ich geglaubt hatte.

»Halte durch«, bestärkte ich sie, doch wusste ich selbst nicht, worauf wir warteten. Ich hatte die gesamte Nacht gebraucht, um sie zu finden. Meine Vermutung, dass ihr Vater ihr gefolgt war, hatte sich offenbar als falsch herausgestellt und so konnte ich nur dasitzen, sie wärmen und hoffen, dass es ausreichte.

Hinter uns knackte das Unterholz. Ich fuhr herum, doch konnte nichts erkennen. Es knackte ein weiteres Mal.

Meine Arme schlossen sich um Rorys kühlen Körper. Bereit sie zu schützen, wenn es nötig war. Bildete ich es mir ein oder war sie tatsächlich ein wenig wärmer?

Als es ein weiteres Mal knackte, wollte ich bereits aufspringen, doch da trat der alte Mediziner aus dem Unterholz. Neben ihm stand Rorys Vater, der mich abschätzig musterte.

»Da ist sie«, sagte er lediglich an den Mediziner gewandt.

Ich verstand nicht, wie er helfen sollte, und doch war ich froh, ihn zu sehen.

Der alte Arzt kniete sich neben Rory. Erst jetzt sah ich, dass der Boden mit Moos überzogen war und ein umgefallener Baum den Platz windstill machte. Ihr Vater war ihr also doch gefolgt, hatte sie sicher platziert und war dann den Mediziner holen gegangen.

Mit vorsichtigen Bewegungen zog ich den Mantel zurück, damit der Mediziner sich ihre Wunden anschauen konnte. Er runzelte die Stirn, als er sie sah, sagte jedoch nichts.

Bei jeder Berührung zuckte Rory zusammen und am liebsten hätte ich sie noch enger umklammert und ihr irgendwie die Schmerzen abgenommen.

Der Mann griff in seinen Mantel. Unter den wachsamen Augen ihres Vaters öffnete er eine Tube und begann, eine beißend riechende Flüssigkeit auf ihren Wunden zu verteilen. »Das sollte helfen«, sagte er leise und lächelte seine Patientin an.

»Danke«, flüsterte sie zurück und in dem Moment, als er von ihr abließ, lehnte sie sich wieder an mich an.

»Du bist ein Lykaner«, stellte ich fest und blickte den Arzt an. Es verwirrte mich, dass er nickte und es leichtfertig zugab. Immerhin war ich eine Jägerin. Aber vermutlich war er sich seiner sicher, solange ich eine Werwölfin im Arm hielt.

»Sie braucht viel Ruhe und muss sich aufwärmen, aber sie hat gute Chancen«, sagte er noch, bevor er Rorys Vater die Tube mit Salbe reichte und dann wieder verschwand.

Ich sah auf. Rory lag in meinen Armen und ihr gleichmäßiges Atmen ließ mich vermuten, dass sie eingeschlafen war. »Ich weiß, dass du mich nicht leiden kannst. Aber ich verspreche, dass ich niemals etwas tun würde, das Rory in Gefahr bringt. Ich hätte ihr nichts tun können. Hasse von mir aus mich als Jägerin, aber hasse nicht mich als Menschen, denn das habe ich nicht verdient.«

Lange blickte er mich nur an, dann nickte er. »Es ist möglich, dass ich dir niemals vertrauen werde. Ich bin ein Lykaner und du eine Jägerin. Meine Tochter ist in deiner Gegenwart immer in Gefahr. Ich will sie nur schützen.« Dann reichte er mir seine Hand.

Langsam machte ich mich von Rory los und wickelte sie allein in meinen Mantel ein. »Ich will sie auch schützen. Sie bedeutet mir mehr, als ich jemals hätte glauben können.« Ich griff nach seiner Hand. Sie war warm. Er zog mich auf die Füße, beugte sich dann nach unten und nahm seine Tochter auf den Arm. »Vielleicht wird es eines Tages möglich sein, dass wir friedlich beieinander leben. Solange niemand jemand anderem etwas antut, muss sich niemand fürchten.« Es war eher ein Wunschdenken, doch irgendwo tief in mir war diese Hoffnung gereift.

Er nickte leicht. »Deine Hoffnung lässt auch mich hoffen. Ich dachte, unser Dorf hätte schon vor Jahren diese Zuversicht aufgegeben.«

»Wieso wollte der Bürgermeister, dass ich Rory töte?«, lenkte ich das Gespräch um. Etwas sagte mir, dass er die Antworten kannte. Ich lief neben ihm her und hoffe, dass er tatsächlich den Weg kannte und mich nicht noch weiter in den Wald führte.

»Auch unter uns Werwölfen gibt es Rivalitäten. Wir haben verschiedene Ansichten zu unserer Lebensweise. Meine Familie ist friedlich. Wenn wir jagen, dann nur wilde Tiere. Es gibt aber auch andere, die der Meinung sind, dass die Rechte des Stärkeren gelten. Wenn sie einen Menschen jagen wollen und dieser dabei stirbt, sei das in Ordnung. Das sind die, die ihr jagen und töten solltet. Nicht uns.« Er wurde schneller und ich kam kaum noch hinterher.

»Genau das ist mein Ziel«, gab ich zu. Seit dem Gespräch mit der Ältesten mehr denn je. »Wir sollten nur die Werwölfe verurteilen, die unseren Frieden stören und es auf uns abgesehen haben.«

Den Rest des Weges liefen wir schweigend nebeneinanderher. Als wir am Dorf wieder ankamen, war es ruhiger, als ich erwartet hatte. Meine Vermutung war gewesen, dass es drunter und drüber ging, jetzt, da der Bürgermeister tot war.

»Bist du bereit mir die Namen der Lykaner mitzuteilen, die Jagd auf Menschen machen?«, fragte ich ihn und begleitete die beiden zu ihrer Hütte.

Rorys Vater nickte und stieß die Tür auf. Ich wusste nicht, was ich tun sollte, also sah ich nur zu, wie er die Hütte durchquerte und Rory in ihr Bett legte.

Als er sich wieder umdrehte, nickte er mir zu und bedeutete mir, dass ich näherkommen sollte. Also trat ich ein und schloss die Tür hinter mir. Mein Herz begann schneller zu schlagen.

Vielleicht wusste er das, denn er hielt Abstand. Mehrere Minuten saß er am Tisch und schrieb mit Tinte und Feder auf ein Stück Papier. Dann erhob er sich wieder, trat gerade so nah an mich, dass er es mir reichen konnte.

»Die Namen. Soweit ich weiß.«

Mein Herz machte einen Sprung. »Danke.« Mit diesen Worten nahm ich den Zettel entgegen und verließ die Hütte wieder. Draußen angekommen, trugen mich meine Füße sofort zu der Hütte der Jagenden. Wie ich es erwartet hatte, saßen sie zusammen und diskutierten.

»Wir können nicht wegen eines Werwolfs, der uns helfen wollte, alle in Frieden lassen«, beschloss einer der Jäger.

»Das nicht«, stimmte ich zu. Alle Augen richteten sich auf mich. »Aber wir können einen Grundsatz in unserer Arbeit ändern. Weniger an dem festhalten, dass wir sie alle jagen und viel mehr nur die zur Verantwortung ziehen, die gegen uns Menschen agieren.«

Mehrere Momente wartete ich auf Widerspruch, doch niemand sagte etwas. Vielleicht weil noch nicht klar war, wer die nächste vorstehende Person des Dorfes wurde und welche Schiene dann gefahren werden würde.

»Ich habe eine Liste an Namen von Personen, die Lykaner sind und sich gegen das Dorf gewendet haben. Wir müssen die Liste natürlich prüfen, aber wir müssen den Hass nicht überwiegen lassen.«

Eine der Jägerinnen stand auf und griff nach dem Zettel, den ich in der Hand hielt. Sie faltete ihn auf und überflog ihn. Als sie fertig war, reichte sie ihn weiter. Nach ein paar Minuten kannten alle den Inhalt.

»Das ist eine Überlegung wert«, gab die Jägerin zu. Und in diesem Moment verstand ich, was die Älteste meinte, als sie von dem Samen des Friedens gesprochen hatte.

Die Diskussion ging bis in den späten Abend. Nach Außen mussten wir eine Einheit bilden und je länger wir redeten, desto klarer wurde, dass auch die anderen nicht dafür waren, Unschuldigen den Tod zu bringen. Und so trennten sich spät abends unsere Wege wieder. Obwohl dieser Tag sich erfolgreich anfühlte, erwartete mich außerhalb der Hütte wieder die Unsicherheit. Noch war nicht entschieden, wer den Platz des alten Bürgermeisters einnehmen würde. Nur wenn diese Person aufgeschlossen genug war, konnte sich tatsächlich etwas ändern.

Meine Füße trugen mich zurück zu Rorys Hütte. Die Müdigkeit in mir war zwar alles andere als angenehm, jedoch musste ich sehen, ob es ihr gut ging.

Ich klopfte an und wurde hineingelassen. Ihre Mutter lächelte mich an. Neben Rorys Bett saß die Älteste und auch sie lächelte.

Rory selbst saß aufrecht, sie sah noch immer müde und ziemlich zugerichtet aus, doch sie hatte wieder Farbe bekommen und schien nicht mehr an der Schwelle zum Tod zu stehen.

Ohne zu zögern, lief ich zu ihr und nahm sie in meinen Arm.

»Ich wusste doch, dass ihr die richtige Wahl wart«, sagte die Älteste und lachte auf.

»Noch müssen wir warten, wer die Nachfolge antritt«, bemerkte ich und meine Finger verwoben sich mit Rorys.

»Ich habe vor wenigen Stunden den jüngsten Sohn des Bürgermeisters und dessen Frau als neue Oberhäupter eingesetzt«, erzählte die Älteste wie beiläufig.

Schockiert fuhr ich herum, doch sah in das triumphierende Gesicht von Rorys Familie. »Sie sind Sympathisanten«, erklärte ihr Vater.

Für einen Moment ließ ich tatsächlich Freude zu. Vielleicht konnte doch alles gut werden und ich musste mir nicht weiter Sorgen um Rorys Leben machen. Sie führte meine Hand zu ihren Mund und küsste sie. »Scheint, als hätten wir eine Chance auf eine friedlichere Zukunft.«

Ende

Normalerweise weiß ich immer recht genau, wem ich am Ende eines Buches danken möchte. Es gibt Personen, die mein Buch besser machen oder mich im Hintergrund aufbauen.

Aber dieses Mal ist es tatsächlich gar nicht so einfach. Vielleicht, weil die Reise dieser Geschichte bereits so lang ist – obwohl man das bei der Kürze des Textes wohl nicht erwartet. Tatsächlich bin ich mir unsicher, wann ich die Reise anfing. 2020? 2021?

Man müsste meinen, dass ich mich daran erinnern sollte, doch wenn ich ehrlich bin, weiß ich es nicht. »Fluch des Mondes« entstand aus einer spontanen Eingebung heraus und dann habe ich es ewig liegen gelassen, weil ich nicht so recht wusste, was ich damit anfangen will – immerhin ist es kürzer als alles, was ich sonst so schreibe und veröffentliche. Dann überarbeitete ich es, gab es Testlesende, ließ es wieder liegen. Monate später folgte eine weitere Überarbeitungsrunde, gefolgt von mehr Testlesenden und einer weiteren Pause. Mittlerweile weiß ich schon gar nicht mehr, wie viele dieser Runden das Projekt hinter sich hat und durch wie viele Hände es gewandert ist.

Es lag lang rum und ist bereits durch so viele Testlesenden-Hände gewandert, dass es einfach den Rahmen sprengen würde, wenn ich hier jeder Person einzeln danken würde.

Deswegen so viel: Danke an Melanie, die ein fantastisches Lektorat erarbeitet hat. Danke an Katrin, die mir wie immer bei der Beseitigung der Fehler half. Und danke an Alenor. They hat den Buchsatz gemacht.

Natürlich gilt ein riesiges Dankeschön auch meiner Patreon-Crew und den coolen Menschen auf Twitch. Ohne euch wäre die Welt viel grauer!

Zu guter Letzt, möchte ich noch dir danken. Danke, dass du mein Buch gelesen und mir die Chance gegeben hast, dich in eine meiner Welten zu entführen. Wenn du magst, darfst du gern das Buch auf der Plattform deiner Wahl bewerten – das würde mir sehr helfen. Oder du schreibst mir einfach auf Instagram an *@mist_of_ink*. Es würde mich freuen, von dir zu hören.

Danke!

Erfurt, Januar 2024

Über die Autorin

Anna Lisa Franzke, im Frühjahr ´99 geboren, lebt und schreibt in der grünen Mitte Thüringens. Die Leidenschaft zu Büchern, Geschichten und dem Schreiben begleitet sie schon seit frühster Kindheit. Nach ihrem Abitur studierte sie Literatur und Geschichte. Mit einer Leidenschaft für Kaffee und eigenen Welten schreibt sie seit einiger Zeit an eigenen Steampunk-Romanen und Fantasy-Geschichten.

Außerdem veröffentlicht sie unter dem Namen Ivy J. Clare ihre Liebesromane.

Seit August 2023 ist sie selbstständige Lektorin und hilft anderen angehenden Autor*innen dabei, sich den Traum vom eigenen Buch zu erfüllen.

Mehr zu Anna Lisa Franzke kann auf ihrer Webseite *www.annalisafranzke.de* oder auf Social Media unter dem Username *@mist_of_ink* gefunden werden.

Wenn du nichts mehr verpassen willst, kannst du dich bei ihrem Newsletter registrieren. Einmal im Monat und zu jeder Veröffentlichung bekommst du dann eine E-Mail. Einfach anmelden unter: *www.annalisafranzke.de/newsletter/*

Weitere Bücher der Autorin:

Falling for a Royal Christmas

»Man sagt, wer beim ersten Schnee des Winters draußen ist, dessen Wünsche werden zu Weihnachten wahr.«

Niemals hätte die PR-Managerin Kat Ashburn erwartet, dass sich ihr Weg, mit dem des unnahbaren Prinzen Bellamy kreuzen würde. Aber sobald sie erst einmal hinter seine harte Schale geblickt hat, kann sie nicht anders, als sich in ihn zu verlieben. Eine Annäherung wäre jedoch alles andere als professionell, immerhin soll sie sein beschädigtes Image aufpolieren. Doch was ist, wenn die Anziehung auf Gegenseitigkeit beruht? Und ist nicht gerade die Weihnachtszeit die Zeit der Liebe?

Darlington & Milow
Air Cargo

»Ich bin Fräulein Darlington und das ist mein Partner Herr Milow-Gandell. Gemeinsam unterhalten wir das Frachtunternehmen Darlington & Milow Air Cargo.«

Menschen, Waren und vielerlei Dinge machen sich zwischen Berlin und London auf den Luftweg. Doch manchmal mischen sich Intrigen, Verschwörungen und Geheimnisse zwischen die Kisten, die in den Bäuchen der Luftschiffe ruhen. Als ein geheimnisvoller Waffenprototyp auftaucht, wird der Frachtauftrag endgültig zur Abenteuerfahrt.
Die Luft brennt – zwischen noch unbekannten Interessensgruppen und zwei Menschen, die plötzlich Gefühle füreinander entdecken.